wundersam

alles, was man sich vorzustellen vermag,
ist irgendwann irgendwo Realität

den im Geiste Verwandten

Kevin Johann Wundersam

TAMA MONOGATARI

Geschichtensammlung

beneath the colourful stars

© Kevin Johann Wundersam

2024 – aktuelle Auflage
2020 – Originalveröffentlichung

Epik · Roman · Fantasy

Coverbild: Kateryna Khudiakova

wunderversum

Druck und Distribution im Auftrag des Autors:
tredition GmbH,
Heinz-Beusen-Stieg 5, 22926 Ahrensburg, Germany

ISBN 978-3-384-46704-1 (softcover)
ISBN 978-3-384-46705-8 (hardcover)
ISBN 978-3-384-46706-5 (e-book)

beneath the Colourful Stars

Geschichten aus der Welt der Romane

beneath the Hollow Moon
beneath the Ancient Sun

INHALT

BENEATH THE COLOURFUL STARS

OICHI UND UKUSIM   *es sind Kinder*

Am fernen Boden wuselten winzige Tiere durch den Wunderforst. Eigentlich wirkten sie bloß von so hoch oben winzig, denn manche waren gut und gerne fünf Meter groß, darunter die Kolosskolibris, deren Flügelschlag ganze Bäume entwurzeln konnte, wenn sie unbedacht herumschwirrten.

Oichi pflückte die letzten beiden Riesenbirnen und rutschte anschließend den dicken Stamm hinab. Geschickt sprang sie von einem Ast zum nächsten, vollführte einen Salto und sauste dann direkt durch die Öffnung im Dach des Baumhauses. Sie landete auf den Beinen und streckte die Arme in die Höhe, wie ein Akrobat, der auf Applaus hofft. Und den bekam sie auch, und zwar von ihrer Mutter.

Lachend lief die Kitsune auf ihre Mutter Omei zu und fiel ihr um den Hals. Es war wunderbar, sich an diese gütige Frau zu schmiegen sowie sich von ihr über den Kopf streichen zu lassen, und sie genoss jede Sekunde davon. Schließlich befreite sie sich aus der liebevollen Umarmung und wandte sich winkend ab.

»Ich bin jetzt fertig mit der Arbeit, Mama, die Birnen habe ich oben auf dem Dach gelassen. Ich werde ein paar Stunden im Wald spielen. Bis dann.«

»Pass auf dich auf, Schätzchen!«, rief ihr ihre Mutter nach, dann war das junge Mädchen auch schon verschwunden.

Omei, die mit überkreuzten Beinen dagesessen hatte und in ein Buch vertieft gewesen war, strich sich eine Strähne ihres langen rotblonden Haares aus dem Gesicht. Mit einer langsamen und beinahe mühevollen Bewegung stand sie auf und durchquerte den Raum, um ihrer Tochter hinterher zu blicken, die den Baum hinunter kletterte und irgendwann im scheinbar unendlichen Dickicht des Wunderforstes verschwand.

Die knapp über zwei Meter große Frau versuchte zu lächeln, doch es war ein bittersüßes Lächeln, keinesfalls befreiend. In letzter Zeit hatte sie oft darüber nachgedacht, in das Reich Mu zu fahren, in dem magische Wesen friedlich ihrem Ende entgegentreten konnten, doch noch kein einziges Mal hatte sie mit ihrer Tochter über dieses Thema gesprochen.

Obwohl die ältere ihrer Töchter jeden Tag in ihrer Obhut stand und sie die jüngere seit Jahren nicht mehr gesehen hatte, würde sie sie dennoch zu gleichen Teilen vermissen. Immerhin wusste sie, dass Okuni irgendwo da draußen sein musste – lebendig, nicht tot, obwohl viele der älteren Wesen eindeutig vom Gegenteil überzeugt waren.

Langsam ließ sich Omei auf den Boden sinken. Sie zog eine Schale mit köstlichstem Wein zu sich und trank daraus. Vor lauter Übermut verschüttete sie etwas und durchnässte so die Vorderseite ihrer grauen Robe. Fast wirkte es, als wäre wertvolle Muttermilch aus ihren Brüsten ausgetreten. Es kam ihr vor, als wäre es gestern gewesen, dass sie ihre Töchter gestillt hatte.

Inzwischen hopste Oichi amüsiert durch den Wald. Ihr knielanges weißes Kleidchen flatterte aufgeregt um ihren dünnen Körper. Auf ihrem Weg durch diesen magischen Ort kam sie an dutzenden gut gelaunten Wesen vorbei, darunter auch solchen, denen noch nie ein Mensch zuvor begegnet war.

In der Nähe des gewaltigen Baumes, welcher das Herz des Wunderforstes war, lag ein sonniger Platz, auf dem sich täglich Kinder verschiedenster Arten einfanden, um gemeinsam zu spielen und herumzutoben. Als Oichi dort ankam, wurde sie sofort von guten Freunden begrüßt.

»Hujuuh, du kommst gerade rechtzeitig«, grunzte ein geflügeltes Frischlingmädchen, dessen dunkles Fell von hellen Streifen durchzogen war. »Wir wollten ein klitzekleines Wettrennen veranstalten, weißt du? Der dämliche Almiran meint nämlich, er wäre schneller als wir.«

»Klar bin ich schneller als ihr«, meinte ein Kaninchenjunge mit gelblichem Fell und einem Horn auf der Stirn, das fast so lang wie der Rest seines Körpers war. »Aber ja, anscheinend weiß es Iki wieder besser. Was meinst du, machst du mit?«

Grinsend blickte die Kitsune auf ihre Freunde herab. In diesem Wald konnte gar keine Langeweile aufkommen – seine Bewohner ließen sich jeden Tag etwas Neues einfallen.

»Natürlich mache ich mit. Wir drei?«

Iki kam näher und senkte ein wenig die Stimme. Ihre längliche Schnauze zuckte aufgeregt.

»Ein komischer Wolfsmensch aus den nördlichen Gebieten lungert seit ein paar Tagen in der Gegend herum. Angeblich will er mitmachen. Wohl seine Stärke beweisen oder so.«

Almiran schob den Kopf hoch und lachte. Trotz seines wilden Nickens wirkte er gefasst.

»Soll er doch, dieses angeberische Bürschchen, pfui. Ist übrigens genauso alt wie du, also nur ein Kind wie wir alle. Ah, da ist er auch schon.«

Zögernd blickte Oichi in die Richtung, in die ihre Freunde wiesen. Auf einer aus dem Boden wachsenden dicken Wurzel hatte sich ein Junge niedergelassen. Er wirkte zwar wie ein Mensch, doch sein zotteliges schwarzes Haar und vor allem der buschige Wolfsschwanz bewiesen eindeutig, dass er ein magisches Wesen war.

Dieser Wolfsmensch hatte den Kopf gesenkt und wirkte abwesend. Als er schließlich aufsah, legte sich sein Blick auf Oichi, und seine Augen glitzerten unheilvoll, als wäre ihm der Anblick von glücklichen Kindern zuwider. Schließlich stieß er sich von der Wurzel ab und kam näher.

»Das Mädchen ist endlich da«, murrte er leise. »Können wir nun anfangen?«

»Mein Name ist Oichi«, sagte die junge Kitsune und streckte ihre Hand aus. Ihr Gegenüber machte keine Anstalten, sie zu ergreifen, sondern zuckte bloß mit den Schultern.

»Meinetwegen. Ich heiße Ukusim.«

Nun, auch im Wunderforst gab es unfreundliche Gestalten, jedoch kam es nicht oft vor, dass ein magisches Geschöpf ein anderes mit einer solchen Gleichgültigkeit behandelte – vor allem, wenn es sich bei beiden um Mischlinge handelte; halb Mensch, halb Tier.

Feindselig funkelte Oichi ihr Gegenüber an.

Almiran hoppelte unbeeindruckt an ihnen vorbei und ließ sich in der Nähe einer über den Erdboden wuchernden Pflanze in das Gras fallen. Er erklärte den anderen, welche Strecke sie in diesem Wettrennen zu absolvieren hatten. Im Grunde mussten sie einige Bäume umlaufen und das Spiel schlussendlich bei einem riesigen Pilz beenden. Wer als erstes dort ankam, hatte gewonnen.

Iki stellte sich ebenfalls zu der natürlich entstandenen Linie und winkte die anderen zu sich. Zu viert würden sie von hier aus loslaufen. Keiner dieser Teilnehmer war zu unterschätzen. Jeder von ihnen hatte unterschiedliche Talente und Fähigkeiten, doch schnell waren sie alle.

Auch die Kitsune und der Ookami machten sich bereit. Viele andere Geschöpfe, hauptsächlich junge Tiere, waren nähergekommen, um das Spektakel zu verfolgen.

Über die Köpfe aller flatterte ein Rotohrara hinweg.

»Bereitmachen. Fertig? Los!«

Ukusim rauschte davon, als wäre ein Monster hinter ihm her. Almiran war schon einige Meter weit gehüpft, blieb dann allerdings verdutzt stehen, nur um schließlich wieder zu beschleunigen. Iki machte den Fehler nicht, ihren Kontrahenten dämlich hinterher zu blicken, sondern stiefelte stur vorwärts. Oichi, die das Rennen bis zu diesem Moment bloß als kindlichen Wettstreit abgestempelt hatte, wurde von dem seltsamen Ehrgeiz des grimmigen Wolfsjungen angesteckt und beschloss plötzlich, ihn besiegen zu wollen, also verdoppelte sie ihre Anstrengungen.

Keine zehn Sekunden später schossen diese vier magischen Wesen wie ein Sturm durch den Wald. Über alle Hindernisse hinweg, kreuz und quer, huschten sie auf ihrem über Stock und Stein führenden Weg zum Ziel.

Eine gewisse Zeit lang lag Ukusim an der Spitze, doch seine ansonsten so ausgelassen spielenden Gegner waren nicht zu unterschätzen.

Schon bald hatte der Hase mit dem Horn aufgeholt. Anstatt auf ehrliche Weise geschlagen zu werden, wurde er ungerührt zur Seite gestoßen und segelte weg. Kurz bevor Almiran mit Iki zusammenprallte, schrie er den Ookami an.

»Du mieser Betrüger!«

Aufgrund des Zusammenstoßes mit Almiran wurde Iki ausgebremst. Niedergeschlagen ließ sie sich in den Dreck plumpsen. Als die Kitsune an ihr vorbei lief, rief das Schwein mit den Flügeln ihr zu.

»Schnapp dir diesen Idioten!«

Das Fuchsmädchen verdoppelte seine Anstrengungen. Nicht weit vom Ziel gelang es ihm, zu seinem Gegner aufzuschließen. Ukusim warf einen Blick über die Schulter und ließ sich eine neue Gemeinheit einfallen. Er passte den Moment ab, um Oichi ein Bein zu stellen, doch als er die Kitsune berührte, fühlte es sich an, als wäre er mit dem Fuß sowohl in Feuer als auch in Eis gestiegen.

Schon war der Wolfsjunge gestürzt. Stöhnend und röchelnd lag er im Gras, während Oichi über den Riesenpilz hechtete. Damit hatte sie gewonnen, doch sie fühlte sich nicht sonderlich wohl dabei. Auf dem Weg zurück legte sie sich Worte zurecht, um dem hinterhältigen Wolfsjungen zu erklären, dass es wichtig sei, durchdacht und auch gerecht zu handeln. Denn eine Ungerechtigkeit würde nur eine weitere nach sich ziehen.

»Was soll dieser Unsinn?«, schrie Ukusim in wildem Zorn, und Speichel wurde herumgeschleudert. »Du hast mich übel verletzt!«

»Aber nur, weil du mich verletzen wolltest!«, gab Oichi zurück. »So macht man das nicht unter Freunden, verstehst du? Das war doch bloß ein Spiel.«

»Spiele?«, keuchte Ukusim und stemmte sich hoch. »Habt wohl nichts Besseres zu tun, während unsere Welt zugrunde geht? Freunde, hm? Als ob ich das brauchen würde.«

Der sture Wolfsjunge wandte sich ab und humpelte beleidigt davon. Er schleppte sich alleine durch den Wald, bis er an einer gewissen Stelle auf einen anderen Ookami traf. Dabei handelte es sich um ein wesentlich älteres Geschöpf, das einst zu jener Gruppe gehört hatte, in der Ukusim als Kind aufgenommen worden war. Es hatte miterlebt, wie Ukusims Vater Ulurum mit ganzen drei Pfeilen im Rücken zusammengebrochen war, sein merkwürdig stilles Kind in den Händen, mit einem Grinsen auf dem Gesicht, da sein Kind nun endlich in Sicherheit war und im sagenumwobenen Wunderforst aufwachsen konnte.

»Na, bist du jetzt zufrieden? Musst du andere Wesen immer auf diese Weise behandeln?«

Ukusim starrte den älteren Ookami verächtlich an.

»Was mischt du dich ein?«, fragte der Wolfsjunge und ließ seine Zähne aufblitzen. »Wir sind doch alle nur Einzelgänger, oder etwa nicht? Von dir lasse ich mir keine Vorträge halten. Ich weiß ganz genau, was du angestellt hast und warum dich die anderen aus dem Rudel geworfen haben.«

Sein stures Verhalten war kindisch, und eigentlich hätte er etwas Respekt zeigen müssen. Immerhin hatte Ukusim alles, was er über seinen Vater wusste, vor langer Zeit von diesem älteren Ookami erfahren. Dass sein Vater ihn wirklich geliebt hatte. Dass er ebenfalls ein Einzelgänger gewesen war. Dass er sich jedoch trotz seines schwierigen Charakters eine Familie und etliche Freunde gesichert hatte. Dass er sie unter Einsatz seines Lebens beschützt hatte. Dass er früher für einen wichtigen Zweck gegen hinterhältige Magier gekämpft hatte.

Dass er ein Ziel gehabt hatte. Allerdings hatte Ukusim keine Ahnung, wie er mit diesen Informationen umgehen sollte. Er hatte zu wenige Erfahrungen gesammelt. Also konnte er auch nicht wissen, wie es war, ein Wesen so sehr zu lieben, um es unter Einsatz des eigenen Lebens zu beschützen. Noch nicht.

»Dann mach nicht die gleichen Fehler wie ich«, meinte der ältere Ookami und zuckte mit den Schultern, bevor er in den Schatten verschwand. »Es wird einen Punkt in deinem Leben geben, da wirst du Freunde brauchen. Glaubst du nicht, dass dein Vater froh darüber war, dich uns anvertrauen zu können? Du kannst nicht dein ganzes Leben lang alleine bleiben.«

Ukusim senkte beleidigt den Kopf und fuhr sich durch das dichte Haar. Bis er sich wieder regte, war es bereits finster geworden. Noch war er nicht fähig oder bereit, sich ändern zu wollen. Das galt sowohl für ihn, den Ookami, als auch für die Kitsune.

Bald schon würden der Wolfsjunge und das Fuchsmädchen den Wunderforst verlassen und anschließend in der Welt der Menschen Abenteuer erleben. Und dann würden sie endlich ihr Schicksal annehmen.

Oichi wurde als Siegerin des Wettrennens von Iki und Almiran gefeiert, und einige Stunden später kehrte sie zu ihrer Mutter nach Hause zurück. Kaum hatte die lächelnde Kitsune einen Fuß in das vertraute Baumhaus gesetzt, verfinsterte sich ihre Miene.

Etwas war anders als sonst.

Omei saß zusammengesackt in der Mitte des Raumes; in der Ecke lag eine umgestoßene Schale mit Sprung, und eines der Möbelstücke wies Spuren von Krallen auf.

»Mama«, hauchte Oichi ängstlich. »Bist du wütend?«

Ihre Mutter hob den Kopf, zog ihre Tochter auf ihren Schoß und drückte sie an ihren gewaltigen Busen.

»Ich muss dir etwas sagen. Du musst tapfer sein, Oichi.«

Meisterin Nene lag ausgestreckt auf einem mit kühlem Moos überzogenen Stein und leckte sich ihre Pfoten. Der geschmeidige Schweif am Ende des zwei Meter langen Körpers klopfte in regelmäßigen Abständen auf die Erde und wirbelte immer wieder kleine Mengen Staub auf. Lediglich die eingezogenen Flügel waren vollkommen reglos.

Plötzlich horchte die Lüchsin auf. Ihre hübschen bernsteinfarbenen Augen durchschnitten das Dunkel der Nacht, denn irgendetwas hatte sich in dieser Finsternis materialisiert.

Eine geraume Weile lang gab sie kein Geräusch von sich. Sie wagte es nicht einmal, ihre Klauen auszufahren. Danach allerdings schoss sie wie ein Blitz durch das Unterholz des Waldes. Mit zwei oder drei Sätzen war sie bei ihrer Beute angelangt und riss diese zu Boden.

Als Nene den Eindringling anfauchte, präsentierte sie ihre spitzen Fänge, mit denen sie selbst einen Dämon hätte erlegen können. Schließlich erkannte sie, wen sie unter sich hatte, und beruhigte sich ein wenig.

»Hikari«, hauchte sie fast wie betäubt. »Was verschafft miaur die Ehre?«

Der in schwarzes Gewand gehüllte Eindringling lächelte der Lüchsin zu. Er konnte seine Arme und Beine nicht bewegen, da die Lüchsin sie auf den Boden drückte.

»Nene, meine Liebe«, lautete die Antwort, und die vertraute Stimme klang so bittersüß wie eh und je. »Verzeih mir, dass ich dich habe warten lassen.«

Nun machte Nene einen etwas zaghaften Schritt zurück, sodass sich die vermummte Gestalt aufrichten konnte. Unter der weiten Kapuze kam helles Haar zum Vorschein.

»Es war tatsächlich eine sehr lange Zeit«, gestand Nene.

Ohne Furcht streckte Hikari seine Hände nach der Lüchsin aus. Er fuhr ihr liebevoll über den Kopf und zog sie am Hals zu sich. Wie ein schutzbedürftiges Tier schmiegte sich Nene an ihn.

»Ich habe dich vermisst, meine Liebe.«

»Und ich dich viel miauhr«, knurrte Nene unter Tränen.

Eine gewisse Zeit lang saßen die beiden in der Dunkelheit, ohne ein Wort miteinander zu wechseln. Danach erkundigte sich Hikari über die momentane Situation in Nenes Welt.

»Ist unsere Aurora aufgebrochen?«

»Noch nicht«, meinte Nene und blickte auf.

»Dann wird sie es auch nicht mehr«, überlegte Hikari leise. »Mein wundervolles Kind wird zwei neue Gefährten erhalten, die Kitsune Kaguya und den Ookami Susanoo, zwei wunderbare Wesen.«

»Bist du dir sicher?«

»Es wird bereits geschehen sein«, sagte Hikari auf seine äußerst geheimnisvolle Art, als wären Vergangenheit sowie Zukunft für ihn bedeutungslos.

»Also verlässt du miauch wieder?«, fragte Nene mit einem Anflug von Enttäuschung, und ihr Schweif zuckte wild. »Diese schnöde Welt hat dir nun nichts miauhr zu bieten.«

»Leider ja«, antwortete Hikari ehrlich und berührte die Nase der Lüchsin, welche nun aber nach seinen Fingern schnappte.

Mit einem überraschenden Sprung landete Nene genau auf dem Brustkorb ihres Gegenübers und senkte ihre Klauen tief in das Fleisch, bis Blut austrat. Sie wusste, dass sie kein Gegner für eine so mächtige Kreatur war, doch sie wusste ebenso, dass ihr keine Gefahr drohte.

»Ich habe alles für dich getan«, jaulte Nene bedrohlich. »Ich habe dich von meiner Miaulch kosten lassen, als du im Sterben lagst. Ich habe dich in miauch aufgenommen.«

»Und im Gegenzug habe ich dir Unsterblichkeit geschenkt«, erwiderte Hikari, als müsse er die Lüchsin daran erinnern.

»Als ob ich dich darum gebeten hätte«, schnaubte Nene verächtlich. Dann senkte sie ihren Kopf und küsste Hikari, wie es Liebhaber zu tun pflegten. Für einen kurzen Moment hatte ihr Gesicht eine menschliche Form angenommen.

Schweigen setzte ein, doch es hielt nicht lange.

»Weißt du noch, als wir im Wunderforst geschlafen und die Sterne beobachtet haben?«, wollte Hikari wissen. Es war eine rein rhetorische Frage.

»Du hast fünf Sterne für miauch erschaffen, damit sie miauch beschützen«, antwortete Nene und nickte. »Ich besuche sie ständig.«

»Was habe ich damals gesagt?«, fragte Hikari, obwohl er es wusste. Und sein Gegenüber wusste, dass er es wusste.

»›Wenn die Sterne lieben könnten wie wir es tun; stell dir vor, was die Welt sein könnte.‹«

Es folgte eine liebevolle Umarmung, wie sie schon immer zwischen den beiden gewesen war und immer sein würde.

»Tama ist wunderbar!«, sagte Nene und entfernte sich von Hikari.

»Ich weiß.«

Mit diesen Worten verschwand Hikari in eine andere Welt.

Und an seiner Stelle tauchte ein Geschenk auf – ein Wesen, das er aus Millionen von Kandidaten ausgesucht hatte.

Nene starrte verblüfft auf den Luchs hinab. Es handelte sich um ein Kind, und im Gegensatz zu der geflügelten Bestie ihm gegenüber war es winzig.

»Muar?«, machte das winzige Ding.

»Was soll ich denn bloß miaut dir?«, sagte Nene mehr zu sich selbst als zu diesem Fellknäuel, das zweifellos unglaublich niedlich war. »Glaubt miaun Hikari, dass er miauch damit besänftigen kann? Wenn du willst, kannst du gehen. Ab in die Welt miaut dir, los! Ich halte dich nicht auf.«

Doch das Luchsbaby machte keine Anstalten, sich zu bewegen.

»Andererseits würdest du ohne miaune Hilfe keinen einzigen Tag in dieser Welt überleben. Ich zähle nun bis zehn, und dann bist du lieber verschwunden, sonst miauss ich dich unter miaune Obhut stellen, und das könnte ziemlich nervig für mi- auch werden, verstanden?«

Nene wartete, doch ihr Gegenüber schien nicht zu reagieren.

»Eins ... Zwei ... Drei.«

Das Luchsbaby ließ seinen Schweif wippen.

»Vier ... Fünf ... Sechs.«

Das Luchsbaby gähnte und streckte seine Zunge heraus.

»Sieben ... Acht ... Neun.«

Das Luchsbaby setzte sich.

»Neun?«

Das Luchsbaby legte sein Köpfchen schräg.

»Neun!«

Das Luchsbaby wischte sich mit den Pfoten durch das Gesicht.

»Zehn, miaunetwegen«, seufzte die Lüchsin, und das schlagende Herz in ihrem Körper schmerzte fast vor überquellender Freude.

Nene trottete zu dem mit Moos bewachsenen Stein zurück. Das junge Ding folgte ihr.

Es fiel ihm unfassbar schwer, derart lange von Satou und vor allem seinem gut behüteten Geheimnis getrennt zu sein. Wie gerne hätte er sich wie ein Vater um dieses kleine Geschöpf gekümmert, das in Mori auf ihn wartete.

Haru nahm den Brief vorsichtig in die Hände. Er hielt das Schriftstück mit der bemerkenswert filigranen Schrift so, dass es vom durch das Fenster scheinenden Mondlicht erhellt wurde. Schließlich begann der Samurai zu lesen.

›Seid gegrüßt, Haru, mein Junge‹, hatte sein Lehrmeister als liebevolle Anrede gewählt. ›Ich bin sehr froh zu lesen, dass Ihr wohlauf seid. Auch ich erfreue mich bester Gesundheit. In Eurer Heimat Mori spielt sich momentan nichts Besonderes ab. Alle Einwohner gehen ihren gewöhnlichen Tagesabläufen nach. Jeder Mensch scheint diese Zeit des Jahres zu genießen. Nicht einmal die einsame Blume lässt ihr Köpfchen hängen.‹

Dieser eine Satz war zweifelsohne eine Anspielung auf das Mädchen. Jedes Mal fragte Haru indirekt nach der Verfassung des magischen Wesens, und Satou antwortete stets mit Bedacht. Niemand durfte über das gefangen gehaltene Geschöpf Bescheid wissen, denn dies hätte zweifellos schlimme Konsequenzen nach sich gezogen.

Im vorletzten Brief war wohl von einer leichten Krankheit die Rede gewesen. Anscheinend hatte das Mädchen mit Erkältung sowie Fieber zu kämpfen gehabt. Zum Zeitpunkt des letzten Briefes war es wieder auf dem Weg zur Besserung gewesen, und nun schien es ihm wieder prächtig zu gehen. Es ließ sein Köpfchen also nicht hängen.

›Ein Gesandter Eures Vaters war vor kurzem hier und hat mich in ein Gespräch verwickelt. Wie es aussieht, wird Euer Vater bald eine sehr wichtige Entscheidung zu treffen haben.

Vermutlich wird es auch Euer Leben verändern. Das werdet Ihr allerdings von ihm selbst erfahren. Ich erwarte Eure Antwort mit frohem Herzen. Gehabt Euch wohl, mein Junge.‹

Lächelnd verstaute Haru den Brief in einem Schränkchen und grübelte anschließend kurz darüber, was Satou wohl damit meinte, dass sein Vater bald eine wichtige Entscheidung zu treffen hätte. Nun, in den nächsten Tagen würde sich dieses Mysterium bestimmt aufklären.

Plötzlich übermannte den Samurai ein Gefühl der Enttäuschung. Wie lange würde es noch dauern, bis er sein eigenes Leben führen durfte? Bis er bei Satou und dem magischen Wesen war? Zurück in seiner Heimat, die ihn an seine Mutter erinnerte? Diese so tief verwurzelte Bitterkeit war in dieser Nacht ganz besonders unangebracht, musste er doch mit einigen anderen hoch angesehenen Samurai an einem Fest zum Fortbestand der Regierung von Shogun Oda teilnehmen.

Seufzend erhob sich Haru von dem niedrigen Tischchen und blickte sich im kargen Zimmer um. Manchmal fühlte er sich, als müsste er sein Dasein in einem Käfig fristen. In gewisser Weise war er genauso gefangen wie das magische Wesen.

Nicht einmal eine Stunde später tauchte Haru vor der großen Festhalle auf, doch es waren weniger Personen erschienen als erwartet. Nachdem er sich die Schuhe ausgezogen und den ersten Schritt im Gang gesetzt hatte, wurde er von einer übertrieben höflich grinsenden alten Frau in einen Saal geführt. Ihm fiel auf, dass etwa die Hälfte aller Plätze leer war. Weder Oda noch seine ach so wichtigen Verbündeten waren erschienen, stattdessen waren viele junge Männer gekommen, deren Väter – wie auch Harus Vater – zu Odas engsten Vertrauten zählten.

Ein Bekannter in seinem Alter winkte Haru zu sich, und er ließ sich neben ihm nieder. Augenblicklich wurden ihm von einem umherlaufenden alten Mann eine Schale Reis und einige Meeresfrüchte zugeschoben.

»Oda und die anderen scheinen heute nicht zu kommen«, raunte ihm sein Sitznachbar zu. »Wir können das Ganze also ein bisschen lockerer angehen. Nur unsere Generation.«

Als hätte er einen Befehl ausgesprochen, kamen in diesem Moment zwei Diener mit kurzrasiertem Haar auf dem Kopf und einem riesigen Tablett voller Sakefläschchen in den Händen herein und verteilten den Alkohol an die jungen aufstrebenden Gäste, die dazu bestimmt waren, ihre ohnehin schon sehr mächtigen Väter eines Tages noch zu übertrumpfen.

Was ein diszipliniertes Festessen hätte werden sollen, artete schon bald in eine ungezwungene Feierlichkeit aus. Niemand tauschte sich politisch aus, stattdessen wurden Lieder gegrölt. Die meisten Burschen füllten ihre Mägen mit Sake; nur Haru wollte nichts anrühren – nicht einmal den Reis.

»Ist alles in Ordnung mit dir?«, fragte sein Sitznachbar mit aufrichtiger Sorge. »Vergiss die dich plagenden Gedanken für heute Nacht und vertreibe deinen Kummer.«

Um nicht unhöflich zu sein, stieß Haru mit ihm an und trank von dem schmucklosen Fläschchen, welches kaum größer war als seine Faust. Erst war es nur ein einziger Schluck, danach mehrere, und schließlich musste er sogar mit einem leichten Schwindelgefühl kämpfen.

Obwohl Haru Alkohol grundsätzlich ablehnte oder gar verabscheute, verschaffte er ihm zu diesem Zeitpunkt eine willkommene Ablenkung. So musste er nicht an Mori denken.

Es dauerte nicht allzu lange, bis die noch einigermaßen klar denkenden Jungspunde einen Beschluss fassten, ein Teehaus aufzusuchen. Damit meinten sie allerdings kein gewöhnliches Teehaus, sondern das bis über die Grenzen des Reiches der Samurai bekannte Kami-Ochaya, in dem einem Gast für ein wenig Geld jeder Wunsch von den Lippen abgelesen wurde. Von einigen Ausnahmen einmal abgesehen waren die dort anzutreffenden Gäste hauptsächlich Männer, denn jede einzelne der Dienstleistungen wurde von Geisha durchgeführt.

Eine Geisha verkörperte die Kunst schlechthin und musste das bloße Dienen perfektionieren, indem sie ihren Gästen die volle Aufmerksamkeit schenkte und sich ihnen verschrieb. Zu ihren Talenten zählten Tanzen, Malen, Musizieren, und weitaus mehr. Sogar die reine Konversation mit dem Gast durfte keine Wünsche offen lassen, und so galt die Ausbildung zur Geisha als schwierigste überhaupt. Unter den einzelnen Ziehfamilien gab es regelrechte Konflikte um die Vorherrschaft in diesem Geschäft, welche auch mal blutig endeten. Kein Wunder, dass viele der begabten Mädchen stattdessen in ein falsches Milieu abdrifteten und als Prostituierte endeten.

Jene Geisha des Kami-Ochaya lebten in einer angrenzenden Okiya, einem sicheren Wohnhaus, welches von gewöhnlichen Männern nicht einmal betreten werden durfte. Sie galten als die schönsten und begabtesten Geisha von ganz Kenka.

Nun, Haru und seine Begleiter hatten Glück, denn in dieser Nacht stand der nur selten stattfindende Schneetanz auf dem Programm, als hätten die Betreiber des Teehauses irgendwie geahnt, dass hoher Besuch eintreffen würde. Dieser Schneetanz war eine Darbietung neun besonders herausragender Geisha. In diffusem Licht schwebten sie auf Geta durch künstlichen Schnee, während sich ihre anmutigen Körper in schönen Kimono zu wohltuenden Klängen bewegten.

Der Anblick verschlug Haru die Sprache. Noch nie hatte er so etwas Gewaltiges und zugleich Sanftes gesehen. Es war, als würde man jemandem mit einer außergewöhnlich gefährlichen Schwertklinge zärtlich über die Wange streifen. Wie jedes Kunstwerk versetzte ihn auch dieses Schauspiel in eine uralte Aufgewühltheit, denn die Geisha schienen zu wissen, wie man viele einzelne Elemente an Gefühlen in einem solchen Auftritt vereinte.

In der Dunkelheit blitzten hin und wieder Regenschirme in den grellen Farben gefallenen Laubes auf, ein helles Schimmern wanderte hin und wieder über sinnlich nackte Schenkel, hohe Töne ließen die Nerven nicht ruhen, dumpfe Geräusche sorgten für die Vision eines Regenschauers, bildhübsche Gesichter wie aus Holz geschnitzt und bunt lackiert entlockten dem Publikum den letzten Lebenswillen.

Als es zu Ende war, fühlte sich Haru erschöpft. Etliche der anderen jungen Männer waren eingedöst und schliefen ihren Rausch aus, was Pech für sie war, denn der Rest wurde weiterhin von Geisha bedient und verwöhnt.

Bloß Haru wollte nicht länger bleiben. Er wollte nach Hause, um sich in sein Schlafgemach zurückzuziehen und für ein paar Stunden in dem Reich der Träume zu versinken. Ganz in seinen eigenen Gedanken, in die niemand eindringen konnte.

Er befand sich bereits in der finsteren und menschenleeren Gasse, als plötzlich jemand seinen Arm berührte. Es war nur eine flüchtige Berührung, doch es steckte so viel Mitgefühl in ihr, dass es sich nicht um Zufall handeln konnte.

Da stand sie vor ihm, eine junge Geisha namens Hinako, vielleicht etwas jünger als er selbst. Sie war nicht übertrieben geschminkt, doch es war offensichtlich, dass sie zu den Damen des Kami-Ochaya gehörte. Wie sie ihn musterte, so überaus gründlich, hatte es den Anschein, als ob sie über Haru Bescheid wusste, als ob sie schon viel über ihn gehört und ihn oft gesehen hätte, als empfände sie etwas für ihn.

»Eine warme Nacht«, hauchte sie und ergriff Harus Hände, welche zu zittern begannen. »Ihr seid wie immer sehr abwesend. Ich weiß über Euch sehr wohl Bescheid, in Euch wohnen dieselben Gefühle wie in mir, dieselben Ängste bezüglich Freund und Feind sowie das Ende Kenkas.«

Sie begann, über Harus heiße Wange zu streichen, so liebevoll wie eine Mutter. Der junge Samurai wehrte sich keineswegs gegen diese betörende Berührung.

»Mein guter Freund, der Mond, lehrte mich, dass jedes Ende unausweichlich ist. Meine gute Freundin, die Sonne, lehrte mich, dass jedem Ende ein neuer Anfang folgt.«

»Und wenn wir kein Teil des neuen Kapitels sind?«, fragte die junge Frau, auf die philosophischen Gedanken ihres Gegenübers eingehend, als würde sie Tag und Nacht über nichts anderes nachdenken. »Ist es denn so falsch, sich für das Fortbestehen der momentanen Situation einzusetzen?«

Sie zog Haru zu sich und hielt seine Handgelenke fest. Danach führte sie seine Hände unter ihr Gewand. Seine Finger umschlossen ihre kleinen Brüste. Wie wundervoll sich doch die kühle glatte Haut der Geisha anfühlte.

Als die Hände des Samurais platziert waren, fuhren jene der Geisha an seinem Körper entlang; an den muskulösen Armen, der ausgeprägten Schulterpartie, dem flachen Bauch, und fanden ihr Ziel an seinem Gemächt.

Haru hielt für einen kurzen Moment den Atem an. Es wäre göttlich gewesen, sie zu nehmen, sie zu benutzen, ihre klaren Schreie durch die Stille der Nacht hallen zu lassen, doch Haru konnte nicht, und so ließ er sie zurück.

Ein innerlich zerrissener Mann stolperte durch die dunklen Gassen, unerkannt, unbemerkt, mit einem Drücken im Bauch, während ein paar Straßen weiter eine müde Feuerwache zwischen den Häusern spazierte und klopfende Geräusche durch die Stadt sandte, um all die Bewohner daran zu erinnern, ihre Lichter zu löschen.

Er traf Hinako nie wieder, doch von diesem Tag an wusste Haru, dass er Geistesverwandte hatte, dass sie in jeder noch so unscheinbaren Person zu finden waren. Wenn er sich nicht mehr wie ein hilfloses Kind fühlte; wenn er endlich gelernt hatte, was es bedeutete, ein wahrer Krieger zu sein, würde er diese Personen suchen. Und er würde jeden einzelnen Ebenbürtigen benötigen, um Kenkas Ende abzuwenden.

Während sich das Dunkel äußerst langsam zurückzog, rückten die Reize der Umwelt wieder Schritt für Schritt in den Vordergrund. Hier auf der Platina-Ebene, südlich der gleichnamigen Hauptstadt der Ritter, wurde man vom Wind begrüßt – er strich sanft über das Haar und säuselte liebevolle Worte.

Owain öffnete die Augen und tat zunächst nichts weiter, als den zarten Schmetterling zu beobachten, der sich auf seiner Nase niedergelassen hatte. Es handelte sich um ein hübsches Geschöpf mit filigranen Flügeln, welche bläulich leuchteten. Allerdings verharrte das Tier nur einige wenige Sekunden, bis es wieder aufstieg und davonflatterte.

Gähnend setzte sich der Skalde auf. Er streckte alle Gliedmaßen von sich und wischte sich dann über das Gesicht, bevor er vorsichtig nach seinem Schwert griff. Wie immer hatte er seinen Kopf darauf gebettet gehabt, und natürlich lag auch der Beutel mit seiner Okarina und einigen Lebensmitteln dort.

Sobald er den Griff des Schwertes in die Finger bekommen hatte, stieß er sich vom Boden ab und wirbelte schnell herum. Die Klinge blieb bloß eine Handbreit vom Hals des Fremdlings entfernt in der Luft hängen.

»Guten Morgen«, sagte Owain trocken. »Wie kann ich Euch behilflich sein?«

Der Fremdling hatte sich vorhin halb über den Skalden gebeugt und verharrte nun in einer seltsamen Haltung. Allem Anschein nach hatte er sich an den Besitztümern des jungen Wanderers vergreifen wollen. Er selbst schien weit über vierzig Jahre alt zu sein, denn sein bärtiges Gesicht war faltig und zeugte von vergangenen Turbulenzen.

»Also«, begann der Fremdling, richtete sich ein wenig auf und rang nervös mit den Händen, wobei er sich hinter einer vertrauenswürdigen Grimasse zu verstecken versuchte. »Wie ich so durch die Ebene gestreift bin, ist mir aufgefallen, dass du einsam und verlassen mitten in der Wildnis schläfst. Natürlich habe ich sofort auf dich zugehalten, um dich zu fragen, ob du denn Hilfe benötigst.«

Da schnalzte Owain laut mit der Zunge, und er senkte sein Schwert ein wenig. Von dem Fremdling schien trotz dessen Verschlagenheit keine Gefahr auszugehen. Zumindest schien er keine gefährlichen Waffen bei sich zu tragen.

»Doch ich merke«, fuhr sein sichtlich erleichtertes Gegenüber fort, »dass Sorgen hier unbegründet sind. Mein Name ist Faeus, sehr erfreut.«

Er hielt ihm die Hand hin, und Owain schlug ein.

»Owain lautet mein Name, sehr erfreut.«

Bevor er sich auf eine Konversation einlassen konnte, wollte er Faeus von Kopf bis Fuß mustern. Diesen Mann mittleren Alters konnte er nicht wirklich in eine bestimmte Gruppe einordnen. Womöglich war Faeus ein Bauer, ein rechtschaffener möglicherweise oder doch ein hinterhältiger.

»Und warum wolltet Ihr Euch an meinem Beutel zu schaffen machen, Herr Faeus?«

»Weil du etwas hast, das mir gehört, Graf!«

Faeus hechtete auf Owain zu und warf ihn nieder. Sobald sie aufprallten, schlug ihm der Mann das Schwert aus seinen Fingern. Danach drückte er die Hand fest auf die Kehle des Skalden. Und zu allem Überfluss zog er auch noch ein Messer hinter dem Rücken hervor.

»Nun, Graf, hast du noch ein paar letzte Worte?«

»Sicherlich«, röchelte Owain. »Ich bin kein Graf.«

»Wie?«

Die Hand lockerte sich etwas.

»Ich sagte doch, mein Name ist Owain. Und ich bin ganz bestimmt kein Graf.«

»Bist du nicht der Sohn von Graf Unwild?«

Beinahe hätte der Skalde über den verwirrten Ausdruck auf Faeus' Gesicht gelacht. Vorsichtig ließ der Mann von Owain ab und half ihm sogar wieder auf die Beine.

»Es ... tut mir schrecklich leid. Das habe ich nicht gewollt.«

»Nun, Herr Faeus, ich glaube Euch«, erwiderte Owain und rieb sich den Hals. »Aber was, im Namen aller treuer Geister, sollte das?«

Erschüttert von diesem Vorfall – und der Unfähigkeit, sein eigentliches Opfer ausfindig zu machen – ließ sich Faeus auf die Wiese plumpsen. Er fuhr sich einige Male durch das abstehende Haar und erzählte dann seine Geschichte.

Was folgte, war eine rührende Erzählung über Faeus' dreiköpfige Familie, welche von einem gewissen Grafen Unwild ausgebeutet wurde. Genauer gesagt standen ganze Dörfer in einer der Ländereien unter der Macht jenes Grafen, der willkürlich seine Untertanen drangsalierte. Erst vor kurzem hatte dessen Sohn ein Spielzeug entwendet, das der Tochter von Faeus gehörte. Es mochte sich nach einer Bagatelle anhören, aber hinter dem vermeintlich harmlosen Neid eines Kindes versteckte sich ein Umstand, welcher den Familienvater hatte erzürnen lassen. Wie ein Wahnsinniger hatte sich Faeus auf die Fersen des diebischen Bengels geheftet, um das Spielzeug wiederzubeschaffen, bevor seine totkranke Tochter aus dieser Welt schied. Zwar war diese Erzählung selbst von einfacher Natur, doch bediente sich Faeus hin und wieder einer Lautmalerei, die selbst Owain beeindruckte.

Als Faeus endete, sah er auf und blickte den Skalden niedergeschlagen an.

»Noch einmal; es tut mir leid. Ich muss den dummen Jungen irgendwo weiter nördlich verloren haben. Dein Schwert, es ist von tadelloser Schmiedekunst, da dachte ich, es gehöre ihm. Er reist mit seiner Tante, die einigen Gutsbesitzern in der näheren Umgebung Unterricht gibt. Mit dem geliebten Spielzeug meiner armen Tochter in der Tasche.«

»Dieser Junge, der Sohn eines Grafen, wird doch sicher mit reichlich Begleitschutz unterwegs sein?«, vermutete Owain. »Und trotzdem wolltet Ihr, ohne Unterstützung und fast unbewaffnet, Gerechtigkeit walten lassen? Kehrt lieber um, Herr Faeus, und steht Eurer Tochter am Sterbebett bei. Denn viel trauriger als über den Verlust einer Puppe wäre sie zweifelsohne über den Verlust ihres Vaters.«

Es dauerte ein paar Augenblicke, bis diese aussagekräftigen Worte zu Faeus durchdrangen.

»Hab vielen Dank, junger Wanderer. Du sprichst weise. Ich werde deinen Rat befolgen. Hast du im Gegenzug ein Problem, das ich für dich lösen könnte?«

Owain blickte in Richtung Süden und seufzte. Beinahe alles um den jungen Reisenden herum war von Tau geküsst. Jeder einzelne Grashalm bog sich unter der Last winziger Tröpfchen, leuchtenden Perlen gleich, und es hatte den Anschein, als ob die gesamte Wiese, welche sich bis zum Horizont erstreckte, wie die Oberfläche eines Meeres schimmerte.

»Wohl kaum«, meinte er müde. »Ich bin auf meinem Weg in das Reich der Samurai, um eine Hexe um Rat zu bitten.«

»Eine Hexe?«, wiederholte Faeus etwas erschrocken.

»Ja, eine Magierin, die auf einem kahlen Hügel hausen soll. Eine der wenigen, die sich noch finden lassen. Aber bis dahin habe ich noch viele Städte zu besuchen und etliche Leute mit meiner Kunst zu beglücken. Ich muss herausfinden, was das Leben für mich bereithält. Denn ich suche schon seit langem nach meiner Bestimmung. Wohl will ich den Menschen um mich herum helfen, doch ich benötige zuerst eine Empfehlung für mein eigenes Schicksal ... zum Beenden meiner Qual.«

Faeus blickte Owain nachdenklich an.

»Ich bin zwar kein Gelehrter, aber ich will dir etwas sagen, junger Wanderer. Du kannst nicht darauf warten, dass dir jemand deine Bestimmung vorsetzt. Und dein Schicksal musst du selbst bestimmen. Du kannst doch den Menschen helfen, ohne zuerst dein eigenes Leben auf die Reihe zu bekommen. Mir hast du eben auch geholfen. Auch wenn du nicht perfekt bist. Und es nie sein wirst. Jedoch, deine hilfreiche Tat eben war es.«

Als sich der Skalde wieder umdrehte und Faeus anblickte, lag eine Schwere in seinem Blick, und jeder vorbeifliegende Vogel hätte seine Verzweiflung gespürt und auf einem nahegelegenen Baum eine Rast einlegen müssen.

»Aber, Herr Faeus, ich kann nicht mehr. Jemand muss mir sagen, wozu ich in dieser Welt wandle. Wozu ich nütze bin. Ich bin am Ende meiner Kräfte.«

Daraufhin stand Faeus auf.

»Das tut mir sehr leid. Mehr kann ich in dieser Angelegenheit nicht sagen. Es stimmt wohl, wenn die Leute meinen, ein Narr wäre glücklicher als so mancher Weise, so viel nur dazu. Jetzt muss ich schleunigst nach Hause, zu meinem Kind.«

Er winkte und wollte sich abwenden, als Owain ihn zurückhielt. Er drückte dem Mann eine Schnitzerei in die Hand. Fast wirkte der hölzerne Kegel wie eine niedliche Puppe in Menschengestalt, aber sie hatte einen Schweif wie Tiermenschen einen besaßen.

»Ein Geschenk für Eure Tochter. Gehabt Euch wohl!«

Faeus nickte dankbar und trottete davon, ohne zu wissen, dass diese Begegnung ihm das Leben gerettet hatte. Aber womöglich ahnte er es. Und er war froh, wohlbehalten zu seiner Tochter zurückkehren zu können.

Zwar starrte Owain dem Fremdling nicht hinterher, aber er grübelte noch lange über dessen Worte.

Schließlich ließ der Skalde sein mitgeführtes Schwert in die Wiese fallen und ließ es zwischen all den Grashalmen untergehen. Er hatte das Gefühl, dass er bei der nächsten wichtigen Begegnung ohne Ballast und ohne Waffe antreten müsse.

Es war der Tag nach dem Sternenfest inmitten der heißesten Zeit des Jahres, an dem eine bestimmte Konstellation außergewöhnlich stark hervortrat; und während die Menschen sich nach einem anstrengenden Tag den Schweiß von den müden Körpern wuschen, strahlten die drei auserwählten Sterne am Himmel, denn in dieser Nacht hoben sie sich nicht nur vom dunklen Hintergrund ab, sondern auch von den vielen anderen in verschiedenen Farben leuchtenden Punkten.

Zwei der drei Sterne waren ein Paar, so hieß es. Von dem dritten Stern geführt, durften sie sich nur ein einziges Mal im Jahr treffen. Sie stellten einen Hirten sowie eine Weberin dar, welche ob ihrer Liebe zu arbeiten vergessen hatten. Um nicht von ihrer wichtigen Arbeit für all die Gottheiten abgelenkt zu werden, waren sie getrennt worden. Doch damit ihre Trauer nicht Überhand nahm, hatte man beschlossen, die beiden zumindest einen Tag jedes Jahr zueinander zu führen. Und somit trafen sie sich in der Nacht des Sternenfestes, sichtbar für jedes sterbliche Wesen.

Utari lag ausgestreckt auf dem Rücken, unter ihr der harte Steinboden, der Sternenhimmel über ihr, und sie seufzte. Was für eine unglaubliche Liebesgeschichte das doch war. Für sich selbst und ihr Leben wünschte sich die Miko etwas genauso Außergewöhnliches.

Plötzlich war da ein Geräusch, welches nicht in die Szenerie passte. Man konnte den Wind vernehmen, wie er durch die Bäume fuhr und ihre Blätter rascheln ließ. Man konnte auch all die Zikaden hören, wie sie ihr monotones Brummen zum Besten gaben. Dann allerdings war da ein Knacken, und kurz darauf ertönte es erneut. Als würde sich etwas Unheimliches heranschleichen wollen.

Etwas verwundert aber ansonsten überhaupt nicht verängstigt setzte sich Utari auf. Sie drehte langsam ihren Oberkörper und ließ ihren Blick über die Grenze des Waldes wandern. In dieser Dunkelheit konnte man fast nichts erkennen. Selbst mit dem Licht aus den Gebäuden des Schreines, welches sogar bis hierher reichte, verlor sich jede Kontur im Schatten.

Als schließlich zum dritten Mal dieses knackende Geräusch aufkam, begab Utari sich in eine kniende Position, die Füße unter ihr Gesäß geklemmt, mit durchgestrecktem Rücken, und gebannt starrte sie anschließend in die Richtung, aus der das Geräusch gekommen war. Sie war erregt, gab jedoch keinen Ton von sich. In stiller Erwartung übte sie Geduld.

Und dann kam etwas aus dem Schatten des Waldes getreten. Zunächst wirkte es bedrohlich, doch dann sah Utari das verletzte Rehkitz in seiner vollen Pracht.

Verblüfft sog die Miko Luft ein, doch sie rührte sich nicht. Jede noch so kleine Bewegung könnte das Tier verschrecken, das wusste sie.

Es dauerte mehrere Minuten, bis das Rehkitz auf dem steinernen Platz des weiten Schreingeländes angekommen war. Mit äußerst vorsichtigen Schritten tastete sich das Tier vorwärts. Immer wieder legte es kurze Pausen ein, in denen es seinen Kopf in alle Richtungen wandte. Offenbar war es so ängstlich, dass es sich viel Mühe gab, jederzeit in Sekundenschnelle wieder in der Sicherheit des finsteren Waldes verschwinden zu können, doch gleichzeitig schien es sich selbst dazu zu drängen, Kontakt mit einem Menschen aufzunehmen.

An einem gewissen Punkt kam das Rehkitz nicht mehr näher. Es war in einigen Metern Abstand stehen geblieben und wartete nun. Dies war der Zeitpunkt, an dem Utari begann, kleine Bewegungen zu machen. Zuerst öffnete sie die Hände, dann breitete sie die Arme aus, und schließlich stand sie auf. Mit gerader Haltung und mit winzigen Schritten näherte sich die Miko dem Tier.

Endlich war Utari bei dem Rehkitz angekommen. Mit einer von Gnade erfüllten Berührung, welche nicht liebevoller hätte sein können, strich die Miko dem Tier über die Stirn.

»Ich mache dich gesund.«

Und dies war ein ehrliches Versprechen, das Utari um jeden Preis halten wollte.

Das gutherzige Mädchen kümmerte sich wie eine liebevolle Mutter um das Tier, mit voller Hingabe und leidenschaftlich. Das verletzte Rehkitz wurde in eine Halle des Schreines geführt, die als Lager diente. Utari positionierte es in der Nähe des Einganges auf einem alten Sack, den sie vorher mit ausgetrockneten Pflanzen füllte. Sie ließ das Tor einen Spalt geöffnet, sodass ihr Gast jederzeit flüchten konnte, wenn er es denn wollte, doch sie achtete auch darauf, dass kein anderer Gast, möglicherweise ein ungebetener wie etwa ein Wolf, eindrang. In den nächsten Tagen kümmerte sie sich sorgfältig um Nahrungszufuhr und Wundheilung.

Von ihrem großzügigen Adoptivvater, dem Priester, erhielt die Miko wertvolle Ratschläge, wie man sich in der Nähe des Tieres verhalten sollte und was man bei der Fütterung sowie der Säuberung beachten musste. Allerdings mischte sich der alte Priester nicht ein, und er sah das Tier nur ein einziges Mal, denn er war der Meinung, dass Utari diese Aufgabe zugefallen wäre und er selbst nicht in diesen Plan der Götter eingreifen durfte. Rehe zählten zu den Boten der Natur, und viele Menschen verhielten sich ihr gegenüber ohnehin äußerst undankbar. Also ließ der alte Priester seine Ziehtochter Utari das Rehkitz pflegen, während er selbst weiterhin seinen eigenen Aufgaben nachging. Wenn er daran dachte, wie hingebungsvoll sich sein Adoptivkind um das Tier kümmerte, breitete sich jedoch ein stolzes Lächeln auf seinem Gesicht aus.

»Ein kleines Geschenk der Götter«, murmelte er oft.

Nur eine Woche später war das Rehkitz genesen. Utari war glücklich.

Während dieser Tage der Pflege hatte Utari einige mysteriöse Träume gehabt. Sie hatte sich in einem seltsamen Kleid erlebt, das aus weißem Papier zu bestehen schien. Ihr dunkles Haar war lang gewesen, und viele bunte Bänder mit Schriftzeichen darauf waren darin verwoben gewesen. Merkwürdig in die Länge gezogen waren zudem ihre Ohrläppchen gewesen, die mithilfe von Kugeln aus Metall gedehnt worden waren und nun beinahe bis zu ihrem Brustbein reichten.

In den merkwürdigen Träumen hatte die Miko getanzt, wie sie es üblicherweise bei Zeremonien tat, doch anstelle von ruhigen sanften Tänzen waren es eher ekstatische wilde gewesen. Mit ruckartigen Bewegungen war sie über ein Meer aus Blüten getanzt, einen Pinsel in den Händen.

Aus dem Nichts hatte eine Glocke geläutet. Dem lauten und durchdringenden Ton nach musste die Glocke riesig gewesen sein. So eine gigantische Glocke hätte vermutlich selbst das Dach des größten Schreingebäudes problemlos zum Einsturz gebracht, hätte man sie darauf befestigt.

Mit jedem Glockenschlag zeichnete Utari ein Symbol auf verschiedene Stellen ihres Kleides, und schon wurden diese Pinselstriche zum Leben erweckt. Schmetterlinge stiegen auf, schienen direkt aus ihrem Körper zu entsteigen. Diese seltsamen unwirklichen Lebewesen bestanden aus dunklen Strichen und besaßen keine durchgehende Form, jedoch bewegten sie sich so natürlich, als wären sie gewöhnliche Insekten.

Utari musste an all diese Träume denken, während sie dem Rehkitz die eingetrocknete Masse vom Bein schabte. Sobald diese Prozedur beendet war, erhob sie sich beinah gleichzeitig mit dem Tier und trat ins Freie.

»Es ist endlich geschafft, du bist wieder gesund, du kannst zurückkehren.«

Minuten vergingen, in denen das Rehkitz und Utari Seite an Seite standen, ohne sich auch nur zu rühren. Dann, so plötzlich, als hätte es ein Signal gegeben, lief das Tier los, davon.

Kaum hatte es den Rand der Anlage erreicht, sprang es ab und verschwand in der Finsternis des Waldes, die selbst am Tage undurchdringbar war.

Es dauerte nicht lange, bis das Rehkitz tief im Wald auf seinen Partner traf, welcher die ganze Zeit über auf es gewartet hatte. Zu zweit machten sich die beiden Tiere auf, wieder in ihre Heimat zurückzukehren.

»War dieses Mädchen nun also tatsächlich das Kind dieser Onmyouji-Mönchin?«, fragte der Partner.

»Es hat seine Talente noch nicht entdeckt, aber sie schlummern in ihr«, antwortete das Rehkitz und lächelte. »Ich glaube, sie warten nur darauf, endlich hervorbrechen zu können.«

»Hast du dich auch bedankt?«

»Ich habe ein Geschenk hinterlassen.«

Als die Miko später an diesem Tag zufrieden in ihr Zimmer stieg, bemerkte sie einen Gegenstand, ein neues Ding inmitten all ihrer bescheidenen Besitztümer.

Utari hob den ellenlangen Pinsel auf und begutachtete ihn ehrfürchtig. War es nicht derselbe Pinsel wie in ihrem Traum?

Mit einer äußerst schwungvollen Bewegung ließ Utari den Pinsel durch die Luft gleiten, und ihr Herz füllte sich sogleich mit Freude.

Der flache Stein wurde lässig aus dem Handgelenk geschleudert, schwirrte eine gewisse Zeit lang durch die Luft, schlug danach auf der Wasseroberfläche auf, und sprang weiter, ein Mal, zwei Mal, drei Mal, und gar erst beim fünften Aufschlag versank er in der Tiefe.

Dort, wo dieser Stein das Wasser berührt hatte, entstanden Kreise, zarten Ringen gleich. Sie schienen sich an ihrer kurzen Existenz zu erfreuen, wuchsen, tanzten, und bald darauf verschwanden sie wieder.

Mit einem gleichmütigen Lächeln auf dem von Bartstoppeln übersäten Gesicht warf der Meister einen Stein nach dem anderen. Wieder und wieder hörte man die Geräusche, wenn sie über den kleinen See hüpften, plitsch, plitsch, plitsch, plitsch, platsch.

Autumn beobachtete den Mann ab und an, während sie ihre Pfeile schärfte. Manchmal ließ sie kurz von ihrer Beschäftigung ab und blickte hoch, wenn sie glaubte, ihr Meister hätte sich aufgerichtet. Doch es war stets nur dieselbe Bewegung des rechten Arms, eine Wurfbewegung, um Steine über den See springen zu lassen.

Selbst als Autumn das Schärfen ihrer Pfeile beendet hatte, obgleich diese wie auch sonst ohnehin spitz genug gewesen waren, hörte sie nicht auf, ihren Meister zu beobachten. Sein dunkelbraunes Haar hatte er aus der breiten Stirn gestrichen, und es lag auf dem Hinterkopf und reichte bis ins Genick.

»Es zieht Regen auf«, sagte Autumn plötzlich, als sich endlich etwas geändert hatte, denn auf eine Veränderung hatten die beiden Jäger gewartet, wenn auch nicht auf diese. Und ein Sturm würde sowieso kommen.

Selbst der See schien die Veränderung zu spüren.

»Wirklich?«, fragte der Meister und blickte hinauf in den Himmel, an dem sich noch keine einzige Wolke zeigte. »Es ist relativ warm, und der Wind ist sanft.«

»Ich rieche es«, entgegnete Autumn.

Mehr musste die junge Jägerin nicht sagen, denn ihr Meister vertraute ihr. Immerhin hatte das blonde grünäugige Mädchen mit den Sonnenflecken um die Nase noch nie falsch gelegen. Mithilfe des Windes konnte sie bestimmen, wann der Regen einsetzen würde. Und anhand des Verhaltens verschiedenster Vögel konnte sie vorhersagen, ob es sich nur um einen kurzen Guss oder aber einen langanhaltenden Schauer handeln würde. Wenn sie also behauptete, Regen käme, dann kam er auch. Es war wie ein Naturgesetz.

»Das wird uns die Sache erschweren«, murmelte der Meister, der mit der Idee gespielt hatte, ein kontrolliertes Feuer zu legen, um seine Beute einzukesseln, diese nun aber verwerfen musste.

»Ich weiß«, lautete Autumns Antwort.

Mit einer sehr schwunghaften Bewegung katapultierte sich der Meister aus der Hocke in eine aufrechte Position, danach entfernte er sich langsam vom Ufer und kam auf seine Schülerin zu. Er legte dem fünfzehnjährigen Mädchen die großen Pranken auf die zarten Schultern.

»Du musst keine Angst haben. Ich habe Vertrauen in dich.«

Autumn musste trotz ihrer beachtlichen Größe den Kopf in den Nacken legen, um in die Augen ihres Meisters blicken zu können.

»Ich habe keine Angst.«

»Und warum zitterst du dann?«

Peinlich berührt drückte Autumn ihre durchtrainierten Arme gegen ihre Seiten, um die kaum wahrnehmbaren Bewegungen zu unterbinden.

»Ich kann den Tod spüren«, flüsterte das Mädchen, und ihre Augen füllten sich mit Tränen.

Nachdenklich strich sich der Meister über das breite Kinn, was seine Schülerin glauben ließ, dass er, als er ihr eine Antwort gab, bewusst nicht von seiner eigenen Person sprach.

»Du wirst heute nicht sterben.«

Autumn nickte ernst.

Plötzlich fuhr ein Beben durch den Wald.

»Es ist da«, hauchte Autumn.

Sofort spannten sich die Finger des Meisters an und gruben sich in Autumns Schulterblätter, was sie unmittelbar zusammenzucken ließ.

»Dann los!«

Sie packten ihre Habseligkeiten und preschten los, zwischen Baumstämme hindurch. Ein markerschütternder Schrei drang aus dem dichten Wald, einem hasserfüllten Kreischen gleich. Sowohl die junge Jägerin als auch ihr Meister wussten, dass diese Prüfung sie an ihre Grenzen treiben würde.

Diese beiden ungleichen Menschen waren sich darüber bewusst, was auf sie zukommen würde. Doch als sie schließlich die Bestie mit eigenen Augen sahen, erstarrten sie vor Furcht.

Ein monströser Keiler von der Größe einer Hütte schob sich durch den Wald, das Gewaff wie einen Rammbock vor sich hertragend. Mit seinem ungeheuren Gewicht walzte er alle Hindernisse flach und drückte ganze Bäume um. Allerdings waren es nicht seine körperlichen Eigenschaften, die Autumn und den Meister beunruhigten. Immerhin hatten sie von den Reisenden bereits dutzende Geschichten erzählt bekommen. Was die beiden Jäger so erschreckte, waren die Anzeichen der Krankheit, die sich im Hirn der Bestie verankert hatte.

Blut, das aus den Nasenlöchern und dem Maul stieg. Knochen, welche sich verformt hatten und aus dem Leib standen. Lücken waren im Fell aufgetaucht. Im riesigen Schädel saßen Augen, so milchig wie Nebel, für Mitgefühl blind. All diese Spuren waren von der Seuche geblieben. Und am offensichtlichsten war die Rage, mit der der Keiler vorwärtsstürmte.

Schnaufend setzte sich der Meister in Bewegung, und seine Schülerin folgte ihm. Sie fühlte sich mit einem Mal unsicher, regelrecht verzweifelt. Wie konnte es nur möglich sein, dass dieses Tier noch lebte? Und wie konnte die Natur es zulassen, dass es solche Schmerzen aushalten musste? Dass es möglicherweise hunderte andere Wesen mit in den Tod riss?

»Hab keine Sorge, Jägerin«, versuchte der Meister sie aufzumuntern. »Wenn du alles berücksichtigst, was du von mir gelernt hast, dann kann dir dieses böse Monster keinen einzigen Kratzer zufügen.«

Autumn schluckte den zähen Kloß in ihrem Hals hinunter und nickte. Sie nahm einen Pfeil aus ihrem Köcher, legte ihn auf die Sehne des Bogens, zielte und schoss.

Das kurze aber knackige Geräusch des Aufpralls ging einfach im lauten Toben dieses Keilers unter, doch nachdem das Geschoss an seinem Kopf vorbeigeflogen war, bremste er und drehte sich um seine eigene Achse.

Mit toten Augen starrte die Bestie ihren neuen Feinden entgegen. Zwei unbedeutende Menschlein, nichts weiter.

Schon hatte der Keiler wieder Geschwindigkeit aufgebaut, und mit wenigen Schritten war er bei den Jägern angelangt. Diese allerdings bewegten sich so flink durch das Unterholz, dass sie für das schwerfällige Tier unerreichbar waren.

Mit geschickten Griffen hatte der Meister einen schräg stehenden Baum erklommen. An einem seiner Äste hangelte er sich vorwärts. Währenddessen lief Autumn in gebührendem Abstand am Keiler vorbei und ließ Pfeile auf ihn regnen.

Obwohl die Spitzen der Pfeile in den Leib der Bestie drangen, schien sie diese kaum zu spüren. Schnüffelnd drehte sie sich im Kreis, dann jagte sie der jungen Jägerin hinterher.

In diesem Moment ließ sich der Meister auf den Keiler fallen und rammte sein Messer tief in dessen Rücken, bevor er an der Seite herunterrutschte und seine Klinge einen blutigen Pfad über eine gesamte Körperhälfte beschreiben ließ.

Ein schmerzerfülltes Brüllen drang aus der Kehle des Keilers, und seine ohnehin schon beinahe grenzenlose Wut steigerte sich nur noch ins Unermessliche, während sowohl Autumn als auch ihr Meister auf Abstand gingen, um die Situation neu auszuwerten.

Es fing an zu regnen; noch zögerlich, sodass keines der drei im Wald befindlichen Wesen darauf achtete.

Wie besessen stapfte die Bestie vorwärts, scheinbar unempfänglich für Schmerz, ihre etlichen Wunden ignorierend. Sie jagte den Jägern eine gewisse Zeit lang hinterher, wurde von ihnen allerdings immer wieder ausgebremst. Nach einer Weile hatte das Tier verstanden, dass der ältere Mensch viel erfahrener war und den anderen Menschen zu beschützen versuchte. Aus diesem Grund entschloss sich der Keiler, Autumn direkt zu attackieren. Als der Meister dies bemerkte, kam er auf seine Schülerin zu, ohne zu merken, dass sie beide in eine bestimmte Richtung gelockt wurden.

Als die drei Kämpfenden in ein Gebiet kamen, in dem die Bäume noch dichter standen, führte der Keiler seine geplante List aus. Mit einer ruckartigen Bewegung katapultierte er sich näher an Autumn heran, was den Meister zu einem zu durchschauenden Kurswechsel verleitete. Just in diesem Moment rammte die Beste ihre Schnauze in den Erdboden und drückte einen dort liegenden Baumstamm aus dem Schlamm, welcher in die Luft geschleudert wurde. Dieser schwere Baumstamm polterte durch den Wald und riss den Meister schließlich von den Füßen, als er am Rücken getroffen wurde und sich dann wie ein Sack Getreide überschlug. Der kurze und unfreiwillige Flug endete mit einer schmerzhaften Landung im Dreck.

Glücklicherweise rauschte der schwere Baumstamm knapp über den Kopf des Meisters hinweg, sodass ihm der Tod vorerst erspart blieb. Doch der Keiler hatte sich bereits vor ihm positioniert und nahm an Fahrt auf. Inzwischen war sein Fell fast überall mit Blut verklebt.

Mittlerweile war der Regen heftig genug, um durch die Kronen der Bäume, an all den Blättern vorbei, bis zum Erdboden zu dringen. Mit wachsendem Unbehagen tastete der Meister nach dem feucht gewordenen Beutel mit den Bömbchen, die er hatte nutzen wollen, und drückte seine rissigen Lippen zusammen.

Wassertropfen peitschten dem Keiler entgegen, doch er hielt auf den alten Jäger zu. Selbst ein Blitz, durch seinen kolossalen Körper zuckend, hätte ihn nicht aufhalten können.

Lautstark stöhnend griff der Meister in seinen umgeschnallten Beutel, und obwohl sein Rückgrat fast zertrümmert worden wäre, gelang es ihm unter Schmerzen, mit den Fingern zwei Bohnen herauszukramen.

Eine dieser Bohnen steckte der Meister in den Erdboden vor sich, und noch bevor er die Hand wieder herausgezogen hatte, hatte sich bereits ein unauffälliger Keim gebildet. Schon beim nächsten Blinzeln hatte sich der Keim in eine riesige Ranke verwandelt, die den Meister davontrug.

Der anstürmende Keiler verfehlte den alten Jäger und zerquetschte stattdessen die Ranke, bevor er dann in einen Baum krachte. Unterdessen segelte der Meister über die Bestie hinweg, mit einem Bogen in den Händen, und auf dessen Sehne saß ein Pfeil, auf dem wiederum die andere der Bohnen aufgespießt war.

Schon sauste der Pfeil auf das Genick des Keilers zu und bohrte sich tief hinein. Sofort wand sich eine Ranke um den Hals der Bestie und schien sie zu würgen. Doch in einem Anfall aus Panik und Zorn gelang es ihr, sich irgendwie zu befreien. Obwohl die Ranke über das komplette Gesicht wucherte, ließ sie sich nicht irritieren.

Und dann trat der Keiler mit den Hinterbeinen gegen einen Baum und brachte ihn zu Fall, was Autumn, die in der Nähe stand und ihre Hände auf den Mund gepresst hatte, erst spät bemerkte. Sie hechtete zur Seite und stürzte.

Mit einem Satz war die Bestie bei ihr und drohte, sie unter sich zu begraben. Dann kam der Meister zur Rettung, und mit seiner Schülerin in den Armen wurde er hochgerissen und davongeschleudert. Schreiend kullerten sie über den Waldboden, und der Keiler war ihnen dicht auf den Fersen.

Autumn hob den Kopf und positionierte ihren Bogen vor sich. Ihre zarten Finger waren nass und rutschten ab, sodass sie sich konzentrieren und von neuem beginnen musste. Doch als sie die Sehne spannen wollte, glitt ihre Hand ins Nichts, denn die untere Hälfte des Bogens war demoliert worden. Sie riss die Augen auf. Nur noch wenige Meter trennten den Keiler von ihr. In drei Sekunden würde er angekommen sein und sie platttrampeln. Bald wäre es vorbei. Noch zwei Sekunden, oder vielleicht noch eine.

Plötzlich erbebte die Erde, als ein weiterer monströser Keiler in die Seite der Bestie donnerte. Felsbrocken zerbarsten, und Matsch wirbelte wild herum. Hätte es sich nicht um einen Kampf auf Leben und Tod gehandelt, wäre die Situation beinahe schon witzig gewesen, so wie die Bestie abhob und fast bewegungsunfähig über den Boden schwebte, bis sie dann mit einem gewaltigen Krachen wieder herunterkam.

Erleichtert drehte sich Autumn zu ihrem Meister um, doch er war nicht länger an ihrer Seite.

»Meister?«

Wie immer hatte ihr Meister schnell gehandelt. Seine unglaubliche Art zu kämpfen war legendär. Innerhalb nur weniger Sekunden hatte er den herannahenden zweiten Keiler entdeckt und einen neuen Plan ausgeheckt. Um die Stoßzähne des neuen Kriegers geschlungen, hatte er sich etliche Meter weit mittragen lassen. Als die von der Seuche gebeutelte Bestie gefallen war, war der Meister mit einem einzigen Schritt bei ihr gewesen. Er hatte den Arm ausgestreckt und ihn tief in den Schlund seines Feindes gesteckt. In seiner Hand hatte er ein Bömbchen gehalten.

Das präparierte runde Kügelchen explodierte im Rachen des Keilers, und die Wucht riss dem Meister seinen Unterarm ab. Fleischbrocken aus dem Inneren der Bestie wurden herumgeschleudert, und fliegende Stücke von Zähnen zerfetzten dem Meister das Gesicht.

»Vielen Dank für die Rettung, Ahne!«, presste der Meister zwischen seinen blutigen Lippen hervor.

Überrascht und zugleich beeindruckt ließ der zweite Keiler seinen Blick von der Leiche seines Artgenossen zum verwundeten Meister wandern.

»Du sollst nun also das letzte Opfer sein, das mein wahnsinniger Bruder zu verantworten hat«, dröhnte es. »Doch was geschieht nun mit deiner Schülerin?«

Ein zögerliches Grinsen ließ sich auf dem Gesicht des Meisters nieder.

»Wie du vielleicht bemerkst, wird sie auch ohne mich prima zurechtkommen. Denn sie hat keinen einzigen Kratzer davongetragen.«

Autumn stand in einiger Entfernung und war wie gelähmt. Das blonde Haar klebte an ihrem Kopf, und es wirkte viel dunkler als üblich. Auf ihrem entgeisterten Gesicht mischte sich der Regen mit Tränen, welche aus ihren Augen liefen. Ihr ansonsten so sinnlicher Mund war verzerrt. Langsam senkte sie den Kopf und musterte ihren zitternden Körper, und ungeachtet der immensen Schmerzen hatte sie tatsächlich keine Wunde davongetragen. Da war Dreck, fast über ihren gesamten Körper verteilt, aber da war kein Blut.

Nur fünf Schritte trennten die junge Jägerin von ihrem geliebten Meister, der stets wie ein Vater für sie gewesen war. Dann versagte das Herz des Meisters, und er starb. Und plötzlich konnte man mit Schritten nicht mehr messen, was die beiden Jäger trennte.

Was die Wesen in der Welt um Tama vereinte, war der Himmel. Unter ihm lebten sie, lachten sie, weinten sie, starben sie. Gemeinsam. Aber es gab mehr als diese eine Welt, und bloß ein Bruchteil wusste davon; wollte es überhaupt wissen.

Ein schwarzer Kater duckte sich ganz flach und ging in Position, seine Beute im Blick, lauernd. Mit einem einzigen Satz war er bei dem Vogel angekommen, verbiss sich in ihm und erlegte ihn. Dann stand er auf und trug sein Mittagessen heim, auf zwei Beinen laufend.

Eine weiße Katze hatte sich auf dem Teppich vor dem Kamin eingekringelt, sich ihre Pfoten leckend, schnurrend. Als sie mit der Säuberung des Fells abgeschlossen hatte, hob sie den Kopf an. Anschließend vertiefte sie sich wieder konzentriert in ihre Häkelarbeit, sorgsam auf die Maschen achtend.

Die weiße Katze mit dem glitzernd grünen Faden um ihren Schweif blickte auf, als ihr Gefährte zur Tür hereinkam.

Der schwarze Kater mit dem funkelnd blauen Halstuch um seinen Hals hielt einen Brief und zeigte ihn seiner Gefährtin.

»Ich frage mich, ob das ein Brief von einem unserer Freunde ist, maunz.«

»Es ist eine Einladung, miau.«

›An die wunderbaren magischen Wesen dieses Haushaltes. Dies ist eine Einladung zum Treffen der bekanntesten Samtpfoten aller Welten. Wir alle grinsen unser fettestes Grinsen, unterstützen magiebegabte Menschen, tragen die modischsten Stiefel, nennen uns Baron, führen Unternehmen, leben bunter, und das seit Jahrtausenden. Tretet auch ihr heute unserem exklusiven Club bei. – gezeichnet S‹

Aber das ist eine andere Geschichte und soll lieber ein andermal erzählt werden.

Der arme Eremit wusste gar nicht, wie ihm geschah. Er wurde unsanft aus einem Traum gerissen, in dem er auf einem Drachen geritten war. Als er seine Augen aufriss, meinte er noch den Wind in seinem zerknautschten Gesicht zu spüren.

Zwei gewaltige Pranken hatten sich auf seine Schultern gesenkt, und sie beutelten den ausgezehrten Körper dieses alten Mannes wild. Beinahe hätte sein Genick den Dienst aufgegeben und den kahlen Kopf nur noch schlaff herunterbaumeln lassen.

»Hmm, immer mit der Ruhe, jawohl.«

Allmählich ließen die schüttelnden Hände von ihm ab. Erst jetzt konnte sich der Eremit ein Bild von seinem rauen Gast machen.

Ein gebrochener Broh war gekommen. Mit einem gigantischen Körper war er ausgestattet, doch seine Haltung zeugte davon, dass seine Kräfte ihn gänzlich verlassen hatten. Heftig blinzelnde Augen saßen in seinem dreckigen Antlitz, so gerötet, dass sie beinah dieselbe Farbe wie die üppige Mähne auf seinem wuchtigen Kopf hatten. Vom unteren Ende des Halses bis zu den Ohren war die gesamte ausgetrocknete Haut von einem sehr verfilzten Bart überzogen. Zitternd bewegte sich der Leib des Gastes vor und zurück, als müsse er sich in den Schlaf wiegen. Und dann erklang eine Stimme, so schmerzerfüllt, dass sie Menschen in den Wahnsinn treiben konnte.

»Helft mir!«, krächzte Quetzal und ließ sich auf seine Knie sinken. »Ich flehe Euch an, helft mir!«

»Schon gut, ist ja schon gut, jawohl«, versuchte der Eremit seinen Gast zu beruhigen. »Setz dich, setz dich hin, hmm.«

Röchelnd ließ sich Quetzal nach hinten fallen und blieb einfach so auf dem Rücken liegen.

»Ich flehe Euch an«, murmelte er nun wieder. »So helft mir doch.«

Breitbeinig positionierte sich der Eremit neben dem hünenhaften Broh und beugte sich weit hinunter. Ihre so ungleichen Gesichter berührten sich beinahe.

»Bestimmt bist du wegen des Rituals hier, jawohl.«

Quetzal nickte fast unmerklich. Zu mehr reichten seine aufgebrauchten Kräfte nicht.

»Hmm, als ob mein Gast nicht wüsste, dass das Ritual leider nicht für unseresgleichen bestimmt ist. In unseren Herzen ruht bereits das Blut eines Drachen.«

»Aber …«, stöhnte Quetzal, während Rotz aus seiner Nase quoll.

»Ich kann dir nicht helfen, hmm«, meinte der Eremit, und er sagte dies mit einer Endgültigkeit, die Quetzal zum Weinen brachte. Dieser unbesiegbar wirkende Broh, dem man gerne zutraute, ein furchterregendes Ungeheuer mit bloßen Händen zu töten, weinte bitterlich.

Wortlos setzte sich der Eremit auf einen Felsen und lehnte sich zurück. Geduldig wartete er, bis die Tränen seines Gastes versiegten. Dabei verurteilte er seinen Gast zwar nicht, doch er fühlte auch nicht mit ihm. Es war weder seine Aufgabe zu urteilen noch Partei zu ergreifen. Er bewachte das uralte Blut des Drachen, und das war alles.

Schließlich beruhigte sich Quetzal, aber er blieb noch lange am Boden liegen, ohne sich zu rühren. Er hatte alles verloren. Nichts war ihm geblieben, nur diese wertlose alte Puppe.

»Was soll ich nun tun?«, fragte er nach einer halben Ewigkeit.

»In dir fließt nun mal das Blut unseres Beschützers, jawohl. Es spricht zu dir, hmm.«

Über diese geheimnisvollen Worte musste Quetzal eine Zeit lang nachdenken. Seine zu großen Finger hielten die zu kleine Puppe umschlossen.

»Ich träume«, erzählte der Broh dann endlich. »Wieder und wieder. Jeder einzelne Tag derselbe verfluchte Traum, und er verfolgt mich. Ein weißes Leuchten in einer dunklen Höhle, blendend, gleißend. Ich werde davon angezogen, ja, wie eine Motte vom Feuer, und ich habe Angst zu verglühen.«

»Hmm, stell dich deiner Angst«, meinte der Eremit sofort. »Vielleicht wirst du verglühen, doch bist du ohnehin nur noch ein Schatten deiner selbst, jawohl. Möglicherweise kannst du vor deinem Tod noch etwas Schönes entdecken und ein wenig Veränderung in diese Welt bringen, jawohl.«

Quetzal starrte ins Nichts.

Langsam, als würde er sich gar nicht bewegen, rappelte sich der Broh auf.

»Ihr habt mir klar gemacht, was ich tief im Inneren schon längst wusste. Trotzdem, habt meinen Dank, denn ich werde Euren Rat befolgen.«

»Das ist meine Aufgabe, hmm.«

Quetzal drehte sich um und trottete langsam davon. Dieses schicksalhafte Treffen mit dem Eremiten hatte nicht einmal eine Stunde gedauert, doch der Broh fühlte sich, als wäre er tagelang von beschützenden Händen gepflegt geworden und hätte einen überaus erholsamen Schlaf hinter sich.

Sein neues Ziel war ein Land, das selbst die Toten mieden. Vielleicht würde er dort dieses Leuchten finden.

Sie nahm Anlauf, machte einige gewaltige Schritte, stemmte ihre muskulösen Beine nur einen Meter von der Klippe entfernt in den Erdboden und schleuderte die Lanze durch eine Drehung ihres blassen Oberkörpers mit aller Kraft von sich. Die längliche Waffe segelte anmutig durch die Luft, das rote Tuch hinter sich herziehend.

Noch bevor Mihst die Lanze losgelassen hatte, hatte sie gespürt, dass sie gewinnen würde. Jede ihrer Bewegungen war durchdacht gewesen, verinnerlicht. Sie hatte ein halbes Jahr lang tagtäglich trainiert und ausschließlich auf diese Prüfung hingearbeitet. Ihr war kein Fehler unterlaufen. Es hatte sich um eine perfekte Darbietung gehandelt.

Während die Waffe in den Abgrund trudelte, erinnerte sich Mihst an das Ereignis vor vielen Monaten, das ihren Ehrgeiz entfacht hatte. Damals war sie unmittelbar vor der Schwelle zur erwachsenen Frau gestanden. Gemeinsam mit den anderen Rekrutinnen hatte sie sich zur Walküre ausbilden lassen. Doch ihre Gedanken waren abgeschweift, wiederholt sogar. Und das hatte sie anfällig für Fehler gemacht.

»Wenn du nicht für die Schlacht lebst, dann wirst du niemals eine meisterhaft ausgezeichnete Walküre werden«, hatte Hrist damals gesagt, als ihre Schülerin im Dreck gelegen war. »Gefühle sind dein größter Feind.«

Natürlich war Hrists Einstellung nicht ganz falsch. Sie basierte auf ihren eigenen Erfahrungen, und derer hatte sie viele gemacht. Immerhin handelte es sich bei Hrist um eine Kriegerin höchsten Ranges, welche sowohl bei den Frauen als auch bei den Männern hoch im Kurs stand. Mit ihrem athletischen Körper und ihrem blonden Kurzhaarschnitt war sie in ihrem Dorf zur Walküre schlechthin geworden. Auf ihren Schultern ruhend und um ihren Hals gebunden befand sich ein grauer Schal, der niemals wirklich im Wind wehte, sondern sich bloß im Kampf zu bewegen schien.

Für eine sehr junge und verliebte Frau wie Mihst allerdings waren Gefühle keine Feinde, zumindest wollte sie das nicht wahrhaben. Und so hatte die rothaarige Jugendliche beschlossen, ihre Gedanken für einen positiven Zweck zu nutzen. Mit einem sehr klaren Ziel vor Augen hatte sie beinahe ununterbrochen trainiert. Wenn sie davor gestanden hatte zu zerbrechen, hatte sie an Thor gedacht und stattdessen ihre Grenzen bersten lassen. Es war ihr egal, wenn ihre Liebe niemals erwidert würde, denn ihr reichte es, selbst zu lieben.

Und diese Liebe hatte schlussendlich dazu geführt, dass sie zu einer nahezu perfekten Kriegerin geworden war. Ihre mit einem roten Tuch versehene Lanze verschwand klaglos in der Schlucht.

Mihsts treuer Pegasus kam auf sie zu und stupste sie an. Ihr langes rotes Haar in der weißen Mähne des Reittiers vergrabend, konnte sie ihren Tränen freien Lauf lassen. Und dann wandte sie sich um und bemerkte, wie Hrist ungläubig in die Tiefe starrte.

»Das war der beste Wurf seit Jahren«, stieß sie hervor und blinzelte verblüfft. »Meinem eigenen ebenbürtig.«

Mihst wartete nicht auf die Erlaubnis, sondern fuhr mit der Hand in die Schüssel, um eine Hälfte ihres Gesichts mit Farbe zu bemalen. Sie war nun eine echte Walküre, und zwar eine der besten.

Eines glorreichen Tages würde sie den donnernden Hammer hören.

Er ließ seine ockerfarbenen Finger zärtlich über seine Klinge fahren. Seltsam, dass es sich schön anfühlen konnte, über das Metall zu streichen. Denn schon bei einer einzigen falschen Bewegung konnte es zu einer rasenden Bestie werden und tief in das eigene Fleisch dringen, um Blut hervortreten zu lassen, wie aus einer Quelle, welche beinahe versiegt wäre.

Just in dem Moment, in dem Anubis sein Werkzeug auf den Tisch legte, klopfte es an der Tür, genauso wie er es geträumt hatte. Bevor er auf irgendeine Weise reagierte, schloss er die Augen und dachte nach. Erst dann schob er den Stuhl zurück und erhob sich.

Langsam griff der Soldat nach der dunklen Kapuze, welche mehr als eine Kopfbedeckung für ihn war. Das reuelose Antlitz des Schakals war wie ein zweites Gesicht für ihn geworden. Mit seinen Ohren konnte er vernehmen, ob Feinde eingedrungen waren.

Vor der Tür stand Thot, und er rang nach Atem, seine wertvollen Dokumente an die Brust gedrückt. Nachdem ihm geöffnet worden war, torkelte er ein paar Schritte in den Raum und verschnaufte dann.

»Du hast mit deiner Vermutung ganz richtig gelegen«, erklärte der Bibliothekar, seinen Zeigefinger erhoben. »Ich habe keine Ahnung, wie du das herausgefunden hast, aber es sind tatsächlich noch Reste des fehlgeschlagenen Experiments vorhanden. Ein paar der Schatten haben sich in den Ritzen des Mauerwerks verschanzt. Möglicherweise haben sie ja auf die Himmelskörperformation heute gewartet. Sie könnten eigentlich jeden Moment hervortreten.«

Mehr als das musste Anubis nicht gesagt bekommen. Mit ernster Miene setzte er die Kapuze auf und griff nach seiner

Klinge, dann verließ er die Kammer sofort. Als er zusammen mit Thot durch die vielen Gänge hetzte, versuchte er sich zu konzentrieren.

»Vielleicht sollten wir diese Experimente mit den Schatten unterlassen, auch wenn sie dem Boden Nährstoffe zuführen und somit in der Erntezeit helfen«, murmelte Thot keuchend.

Plötzlich verdunkelte sich der Gang, und ein Konstrukt aus Schatten ergoss sich aus der Wand, fürchterlich kreischend. Anubis handelte schnell und ließ die Klinge durch den dunklen Nebel fahren. Obwohl sich der Schatten spaltete, setzte er sich bald wieder zusammen. Ein unwirklicher Feind.

Allerdings hatte Anubis die letzten Tage nicht verschwendet. Unmittelbar nach seinem prophetischen Traum hatte er sich ein paar getrocknete Kräuter beschafft. Und diese steckte er sich nun in den Mund, bevor er sie zwischen den Zähnen zermahlte und dem Schatten schließlich entgegenspuckte.

Als hätte man einem Gegner seiner Muskeln beraubt, brach der Schatten zusammen. Doch damit war es nicht getan, denn anstatt liegen zu bleiben, verflüchtigte sich der dunkle Nebel und verschwand dann vollends.

Erleichtert sank Anubis gegen die Wand und fuhr sich mit seinen Händen über das Gesicht, an Horus denkend. Auch in dieser Nacht würde der Thronfolger in Ruhe schlafen können. Kein ungezogener Schatten würde ihn stören.

Anubis stapfte müde in Richtung seiner Kammer zurück. Er war sich sicher, einer der besten Soldaten dieses prächtigen Palasts zu sein, und niemand konnte ihn vom Gegenteil überzeugen.

Eines glorreichen Tages würde er den gleißenden Speer sehen.

Kos weißes Kleid leuchtete rötlich, fast so als ob es mit Blut in Berührung gekommen wäre.

Das neunhundert Jahre alte Mädchen hielt seine kleinen Ohren gespitzt und starrte mit seinen weißen Augen geradeaus, doch weder schob sich irgendetwas sehr Interessantes in sein Blickfeld noch gab es ein Geräusch zu vernehmen.

In dem farblosen Stein an seiner Stirn gab es keine Magie mehr. Nichts war jetzt noch übrig. Es würde hier sterben, und es war ihm gleich.

Keinesfalls gebrochen, sondern mit dem Wissen, dass stehend zu warten nicht sinnvoll war, sank das Mädchen nieder.

»Darf ich mich zu dir setzen?«

Ko erschrak so fürchterlich, dass ihr junges Herz fast aussetzte. Direkt vor ihr war eine mysteriöse Gestalt erschienen, ein blonder blauäugiger Mann mit einem großen und dünnen Körper, in einen tiefschwarzen Umhang gehüllt, das beruhigendste Lächeln von allen im hübschen Gesicht.

›Was für eine unbeschreibliche Macht!‹, schoss es Ko durch den Kopf, und sie erschauderte. ›Wie kann so etwas Mächtiges existieren?‹

»Bist du gekommen, um mich zu töten?«, fragte Ko furchtlos.

»Nur, wenn du es willst!«, antwortete der Neuankömmling.

Ko lachte erst auf, begriff dann allerdings, dass ihr Gegenüber es ernst meinte.

»Nein, ich will hier noch eine Weile warten«, murmelte sie nachdenklich, bevor sie schließlich auf die eine Frage ihres Gesprächspartners antwortete. »Du darfst dich setzen.«

Lächelnd ließ sich der Mann direkt neben Ko nieder. Auf eine merkwürdige Weise tat es gut, dieses Wesen neben sich zu haben. Es war, als würde man einen alten Freund begrüßen, der ob einer langen Zeit der Trennung einem längst aus dem Gedächtnis gestrichen worden war.

Es war ein Weltenbummler.

»Ich spüre deinen Schmerz«, sagte der Weltenbummler.

»Es … ist der Schmerz dieser Welt«, antwortete Ko reglos. Immer noch hielt sie ihre Ohren gespitzt und starrte mit ihren Augen geradeaus, doch nichts hatte sich verändert.

»Meinen gewaltigsten Respekt für Wesen wie dich, welche diesen Schmerz ertragen.«

Minutenlang wurde kein Wort gewechselt.

»Warum ist das so?«, wollte Ko dann endlich wissen. »Warum sind manche von uns so dermaßen anfällig für diese Art von Schmerz?«

»Weil du sensibel bist«, lautete die Antwort, und es war eine treffende. »Es ist deine beste Eigenschaft und deine grauenvollste. Bewahre sie dir.«

»Und was ist mit den Veränderungen?«, hakte Ko nach.

»Du spürst den Schmerz so stark, weil du ein Zieher bist.«

»Das verstehe ich nicht.«

»In allen Welten gibt es zwei Eigenschaften, die ein Wesen mehr definieren als alles andere. Jenseits von Gut und Böse, jenseits von Richtig und Falsch, auch jenseits von Wahrheit und Lüge, da existieren Zieher sowie Schieber, die einen von Beständigkeit und die anderen von Veränderung geprägt.«

»Das heißt also, dass ich Veränderungen nicht leiden kann, weil ich ein Zieher bin?«, fragte Ko und stutzte.

»Eher andersherum. Du bist ein Zieher, eben weil du Veränderungen nichts abgewinnen kannst. Während die Schieber alles versuchen, um Veränderungen herbeizuführen, wirst du stets von deinen Erlebnissen zehren. Schieber glauben, dass sie mit Veränderungen besser werden, sich weiterentwickeln, stärker und weiser sowie mutiger werden. Das ist auch nicht bestreitbar. Aber es ist eben nur einer von zwei Wegen, diese

Welt zu erleben. Du und ich, zum Beispiel, wir brauchen das nicht. Wir könnten unser gesamtes Leben mit ein und derselben Partnerin verbringen, über ein und dasselbe Büchlein gebeugt, in ein und demselben Haus wohnend, mit einem einzigen Ziel in unserem Kopf.«

Nach dieser Erklärung wirkte der Weltenbummler etwas erschöpft. Und tatsächlich breitete sich eine Last aus und legte sich wie ein Tuch über Ki.

»Aber du hast genug gelitten. Ich kann dir deinen Schmerz nehmen, wenn du willst.«

Müde drehte Ko ihren Kopf, um den Weltenbummler anzublicken.

»Wie?«

»Ich kann dir erzählen, was geschehen ist und was geschehen wird, sodass du Frieden finden kannst.«

Darüber musste Ko nachdenken. Wollte sie tatsächlich von der Vergangenheit und der Zukunft erfahren? Dinge wissen, welche man besser nicht wusste? Was, wenn dieses mächtige Wesen sie anlog? Was, wenn es nur gekommen war, um sie in Verzweiflung zu stürzen? Aber da war keine böse Absicht zu erkennen. Da war nichts Ungewohntes zu spüren. Bloß so etwas wie … Mitgefühl.

»Erzähl es mir«, sagte Ko.

Und der Weltenbummler erzählte. Zunächst wurde Ko von einem Konstrukt aus Angst erschlagen, doch mit jedem ausgesprochenen Satz wurde sie ein Stückchen glücklicher. Eine uralte sowie ehrfurchtgebietende Ruhe senkte sich über ihren entkräfteten Körper und ließ sie schläfrig werden. Sie erfuhr von ihrem Schicksal und reiste in andere Welten.

Der seltsame Mann in Schwarz erzählte dem merkwürdigen Mädchen in Weiß von dem Universum, von vergangenen und zukünftigen Ereignissen, vom Schicksal Tamas, von weltenübergreifenden Beziehungen, und von seinem ureigenen Plan, von einem gottgleichen Wesen, und alles machte Sinn.

»Unglaublich«, sagte Ko.

Und der Weltenbummler lächelte.

»Am liebsten würde ich jetzt meinen Gefährten hinterher-laufen und ihnen sagen, dass unsere gefahrenvolle Reise nicht umsonst gewesen ist.«

»Dieses besondere Wissen benötigen sie nicht. Ihnen reicht die Hoffnung.«

Ko grinste.

»Ich sterbe.«

»Ja.«

»Und auch Ki ist verloren.«

»Ja.«

»Aber die Magie meines Volkes bleibt bestehen.«

»Ja.«

Ko seufzte.

»Es ist schon in Ordnung, denke ich. Allerdings würde ich diese sogenannte Aurora Tama gerne treffen. Dass all unsere Bemühungen auf ein einziges Ereignis hinauslaufen? Dass all unsere Schicksale so verwirrend miteinander verwoben sind, für ein einziges Leben bloß? Ich hoffe, diese Aurora ist etwas Besonderes.«

»Aurora ist der Mittelpunkt dieser Geschichte«, erklärte der Weltenbummler und stand auf. Er stellte sich lächelnd vor Ko und reichte ihr die Hand.

Als sich die beiden berührten, spürte Ko zum ersten Mal in ihrem Leben ein Gefühl von Zufriedenheit, denn es gab nichts mehr zu wünschen. Sie hatte alles. Sie wusste alles. Sie war alles.

Ko stand aufrecht und fühlte das göttliche Leben in sich.

»Dann wünsche ich noch viel Erfolg mit deinem Plan«, sag-te sie.

Ko befand sich in Ki.

Hier war sie geboren worden. Hier würde sie sterben.

Nur das hatte Bedeutung.

»Wundersame Grüße!«, sagte der Weltenbummler in seiner geheimnisvollen Art und wandte sich ab.

»Warte!«, rief ihm Ko hinterher, einer ganz plötzlichen Eingebung folgend. »Dieses gottgleiche Wesen, von dem du mir erzählt hast.«

Es war eher unwichtig für Ko, die Antwort zu kennen, aber es war sehr wohl wichtig, diese Frage zu stellen.

»Wie heißt es?«

Ko grinste.

Und der Weltenbummler lächelte ein letztes Mal.

»Kokoro.«

HELENA UND SELENA   *in Harmonie vereint*

Sie waren sich ähnlich, fast schon dieselbe Erscheinung, wie zwei wunderhübsche Rosen in einem von Göttern gesegnetem Garten, und nur ein sehr aufmerksamer Betrachter hätte einen Unterschied feststellen können. Äußerlich glichen sie sich in der Tat wie eine Blume der anderen, doch in ihrem Inneren wohnten zwei verschiedene Wesen, und je älter diese beiden wurden, desto mehr entfernten sie sich voneinander. Denn es schien das Schicksal dieser Blumen zu sein, dass sie einander abstießen, und eine konnte in den wohligen Schein der Sonne gelangen, während sich die andere mit dem fahlen Licht des Mondes begnügen musste. Dies war also die Bestimmung der Zwillinge, welche sich einen Namen teilten; Harmonia.

Natürlich gab es wohl etliche Besonderheiten, welche beide Schwestern gemeinsam hatten. Etwa fanden sie es langweilig, sich ankleiden zu lassen. Es handelte sich um eine kräftezehrende Prozedur, und manchmal konnte es eine geschlagene Stunde oder noch länger dauern, bis eine Prinzessin von den Zofen in ein prächtiges Kleid samt Zubehör gebracht war. Es war ihnen zuwider, schön gemacht werden zu müssen.

Jedes unbedeutende Fleckchen Stoff musste am richtigen Platz sitzen, und keines der wertvollen Schmuckstücke durfte verrutschen. Manche der Zofen hatten zierliche Hände und berührten die jungen Körper der Prinzessinnen äußerst vorsichtig, andere hingegen waren weniger sanft.

»Ich hasse es!«, knurrte Selena und machte eine Miene, mit der sie wirkte, als würde sie bei lebendigem Leibe gegessen. Vielleicht geschah es mit Absicht, vielleicht auch nicht, doch in diesem Augenblick wurde eine Nadel zur Fixierung verwendet, und sie war ein wenig zu fest durch den Stoff gesteckt worden, sodass sie ihre Achsel gepiekt hatte.

»Kannst du deinem Unmut nicht freien Lauf lassen, wenn wir alleine sind, und nicht gerade vor der gesamten Dienerschaft?«, flüsterte Helena und seufzte erschöpft. Gegen eine Kopfmassage mit duftenden Ölen, während ihr ausgelaugter Körper in einer Wanne voll heißem Badewasser trieb, hatte sie nichts einzuwenden, aber diese Ankleidungen konnte sie nicht leiden.

»Ha, und warum?«, entgegnete Selena und warf einen Blick nach hinten. »Diese dummen Ziegen hier können mich sowieso schon nicht leiden.«

»Achte auf deine Worte!«, empörte sich Helena und sah an sich herunter. »Ist doch schließlich kein Wunder, wenn du die armen Damen ständig so ungerecht behandelst.«

Die zwei Schwestern atmeten tief ein, bevor die Zofen ihre Korsette enger zogen. Ein plötzlicher Ruck ließ die jungen Frauen eine Sekunde lang wie zerbrechliche Marionetten in der Luft schweben, dann hatten sie auch bereits den Boden unter den Füßen wieder. Schon waren sie von schönen Kleidern aus dunklem Stoff umhüllt, einer Kombination heimischer Mode mit Elementen aus fremden Kulturen.

Oben war das Kleidungsstück eng, unten wurde es weiter und fiel angenehm. Schultern lagen frei, während die Unterarme bis zu den Ellbogen in edlen Handschuhen verschwanden. Man hatte Wert auf das Dekolletee gelegt, um die Brust zu betonen.

»Keine Sorge«, schnaubte eine der Zofen, bevor sie mitsamt ihren Kolleginnen die Kammer verließ. »Für uns, die ›armen Damen‹ und ›dummen Ziegen‹, seid ihr beide gleich. Prinzessin ist eben Prinzessin.«

Nun waren die Schwestern alleine im Zimmer.

Helena wirkte ob der Äußerung der Bediensteten ein wenig gekränkt und hielt den Kopf gesenkt.

Selena grinste verschlagen und streckte den Rücken durch.

Für ein paar Sekunden herrschte Stille.

»Habe ich es dir doch gesagt. Niemand kann uns leiden.«

»Nimm es ihnen nicht übel. Sie haben schwierige Aufgaben zu erfüllen.«

»Hä, nimmst du sie auch noch in Schutz?«

»Warum sollte ich mich nicht um sie sorgen?«

»Weil sich um uns auch niemand sorgt!«

»Das ist nicht wahr!«

Und plötzlich trat eine Person ein, welche beide Schwestern verstummen ließ.

Ohne eine Einladung abzuwarten, trat der Gast ein, zögerlich jedoch, indem er zunächst nur hereinlugte und dann langsam in den Raum schritt.

»Meine wunderschönen Töchter«, sagte der Herrscher Tamas und breitete seine starken Arme aus. Die jungen Frauen ließen sich von ihrem kränklichen aber nichtsdestotrotz ehrfurchtgebietenden Vater umarmen. Ohne ihn wären sie zwei gewöhnliche Mädchen gewesen, frei von allem, ohne diese vielen Rechte, ohne diese vielen Pflichten, aber Eltern konnte man sich nun mal nicht aussuchen.

»Vater, muss das denn unbedingt sein?«, jammerte Selena und zupfte an ihrem Gewand herum. »Gedemütigt fühlen wir uns. Wir sind doch bloß Puppen, die man herumträgt und ankleidet. An denen man sich vergehen kann.«

»Du weißt, wir müssen alle unsere Rollen spielen«, antwortete ihr Vater streng. »Ich eben als Herrscher, und ihr zwei als meine Kinder, die ihr die Zukunft dieses Reiches darstellt. Es gilt, unsere Interessen zu wahren. Der junge Mann, welchen ihr heute treffen werdet, ist der Sohn eines Bezirksverwalters, wie ich euch schon erklärt habe. Dessen älterer Vetter hat in der Lagune das Sagen, und wir sind auf deren Ressourcen angewiesen. Es wäre ziemlich vorteilhaft, dicscs Gebiet beanspruchen zu können.«

»Vater, das ist unwürdig«, klagte Helena und wischte eine Haarsträhne davon. »Das heißt, wir sollen uns für Fremde als heiratswillig präsentieren? Ihnen sogar falsche Komplimente machen und für unsere Familie werben? Soll ihnen eine von uns ihre Unschuld schenken?«

»Nun, ich verlange ja nicht, dass du dich in sein Bett legst«, meinte ihr Vater ruhig. »Seid aber nicht unhöflich. Wenn er tatsächlich ein Ekel sein sollte, müsst ihr euch kein zweites Mal mit ihm treffen. Allerdings verlange ich, dass ihr euch von eurer besten Seite zeigt. Es kommt der Tag, da müsst ihr wie eine Königin denken. Und wie auch ich müsst ihr Opfer bringen.«

»Wenn es sein muss«, gaben die Schwestern wie aus einem Mund von sich.

Kaum war ihr Vater aus dem Zimmer verschwunden, drehten sich die beiden jungen Frauen um, sodass sie sich gegenüber standen.

»Ohne mich, Schwesterherz!«, blaffte Selena laut und stapfte rückwärts. »Du kannst diesem Idioten Honig um das Maul schmieren, aber ich will mich nicht auf dieses Niveau begeben, verstanden?«

»Warte mal, Schwesterherz!«, dröhnte Helena und lief hinterher. »Du willst mich doch nicht etwa alleine in dieser Situation lassen?«

Selena machte eine abfällige Geste, wandte sich nach links und lief davon.

Helena zog eine enttäuschte Grimasse, wandte sich bedrückt nach rechts und schlurfte davon.

Sowohl die Kammer als auch der Korridor waren nun verlassen.

Innerhalb der Mauern Kronschells gab es eine Gruppe von Kindern, deren Mitglieder sich recht gut mit den Prinzessinnen verstanden. Es handelte sich um Söhne und Töchter hochrangiger Soldaten, und ihr Status erlaubte es ihnen, relativ ungezwungen mit den beiden Schwestern umzugehen.

An diesem Tag hatten sich Revo, der junge Anführer einer kleinen Bande von harmlosen Tunichtguten, und seine sogenannten Untergebenen an einem nahegelegenen Teich unweit der Palastanlagen eingefunden. Revo hatte sich auf den steinernen Absatz einer Terrasse gestellt, um eine laute Rede zu schwingen, als er plötzlich zwei Hände fest in seinen Rücken gestoßen bekam.

Revo fiel einen halben Meter, dann rollte er sich vom grasbewachsenen Erdboden ab, um seinen Sturz abzuschwächen. Noch in derselben Bewegung wirbelte er herum und funkelte den Neuankömmling mit einer Mischung aus Zorn und Freude an.

»Selena, du Schlange!«

»Selbst Schlange«, gab Selena zurück und sprang von dem steinernen Absatz direkt vor Revos Füße, bevor sie ihm einen Klaps auf die Schulter gab. »Was ist denn los? Warum hast du deine Halbstarken versammelt?«

»Pokki ist verprügelt worden«, antwortete ein zopftragendes Mädchen namens Melia an Revos Stelle und deutete auf ihren Kumpel, welcher mit geschwollenem Mund und aufgeschürfter Wange neben ihr stand.

»Wer hat das denn getan?«, wollte Selena wissen und besah sich das verunstaltete Gesicht ihres Spielkameraden genauer.

»Das war Ignar, der alte Sack«, meldete sich ein feinfrisierter Junge namens Gustu zu Wort und ballte seine Hände zu Fäusten.

»Ich hasse diesen Kerl«, meinte Selena, die bei der Erwähnung des Namens zusammengezuckt war. »Bloß weil er einer der ältesten Lehrmeister an unserem Hof ist, darf dieser Kerl noch lange nicht die Hand gegen seine Schüler erheben.«

»Eigentlich ja schon«, murmelte Revo und lachte kurz auf. »Immerhin hat dein ach so toller Vater ihn bei dem Vorfall mit meiner Mutter damals mit Immunität bedacht. Und seitdem macht Meister Ignar, was er will.«

»Dann wird er heute seine gerechte Strafe dafür erhalten«, sagte Selena tonlos.

»Was meinst du damit?«, fragte Revo, den Kopf auf die Seite gelegt.

Selena zog eine kleine Kugel hinter dem Rücken hervor und präsentierte sie den anderen. Es dauerte eine Weile, bis sie erkannten, dass es sich um eine militärisch genutzte Rauchbombe handelte.

»Bist du verrückt?«, ächzte Gustu.

»Das kannst du nicht machen!«, stöhnte Melia.

Selena grinste schadenfroh.

»Ich bin verrückt, und ich kann das machen.«

»Selena«, wisperte Revo aufgeregt, möglicherweise mit einem leichten Hauch von Furcht in der Stimme.

»Ich bin Selena Harmonia Tama, und mein Wort allein ist Gesetz.«

Am sehr stark bewachten Hof der Adeligen gab es ein Tor zur Stadt, das es Würdenträgern aus anderen Regionen gestattete, ohne Umstände und mühsame Reisen quer durch die Straßen des Volkes auf direktem Wege in für sie reservierte Unterkünfte einzukehren. Hier reihten sich etliche prächtige Bauwerke aneinander, in denen die Gäste des Königs verweilten, zum Beispiel während sie an mehrtägigen Konferenzen teilnahmen. Sie lagen fernab des wuseligen Zentrums, und dementsprechend ruhig war es dort.

Ein junger Mann wartete bereits. Er war etwas älter als die beiden Schwestern, und die meisten seiner Bekanntschaften bezeichneten ihn als gutaussehend. Doch unter diesen sogenannten Bekanntschaften war man sich ebenso einig, dass der Großteil der Reichen und Schönen aus nichtssagenden Hüllen bestand, unfähig ein Ziel mit Ehrgeiz zu verfolgen.

Als er seine herannahende Verabredung bemerkte, stieß er sich mit einer wirbelnden Drehung von der dicken Säule ab, an der er gelehnt hatte. Ein großgewachsener drahtiger Mann war er, mit dunklen Haaren und hellen Augen, und ein siegessicheres Lächeln lag auf dem kantigen Gesicht.

»Einen schönen Abend, Hoheit!«, hauchte er und nahm Helenas Hand, um sie mit seinen Lippen zu berühren. Langsam führte er sie durch den Teil des Hofes, der einem Garten mit exotischen Pflanzen glich.

»Ich wünsche Euch ebenfalls einen schönen Abend«, hatte Helena gesagt. Sie missbilligte seine fast schon dominierende Hand auf dem Oberarm, ließ die Berührung jedoch über sich ergehen.

»Wir haben uns bereits einige Male getroffen, das erste Mal auf dem Ball anlässlich der Feier zur Erschließung des Nuar-Gebietes, das letzte Mal auf der Ratssitzung vor zwei Monaten, sofern ich mich korrekt erinnere. Es ist schade, dass Eure Schwester diesem Treffen nicht beiwohnen konnte, doch ich wüsste auch nicht, ob mir mehr als eine Schönheit zustehen würde. Ihr genügt mir vollkommen.«

Eines musste man dem jungen Mann lassen, er war wirklich galant. Seine sorgfältig gewählten Worte zeugten von großer Wertschätzung, und sowohl seine Stimme als auch seine Bewegungen waren mit einer gewissen Ruhe versehen. Helena beschloss, ihn nicht allzu barsch abzuweisen.

»Tut mir leid. Ich kann mich nur allzu schwer an die vielen Gesichter auf den Festen und den Versammlungen erinnern, fürchte ich.«

Das stimmte nicht ganz. Helena versuchte stets, jede neue Bekanntschaft zu analysieren. Wurde ihr eine Person vorgestellt oder war es auch nur eine flüchtige Begegnung, so besorgte sie sich so viele Informationen wie nur möglich. Nur wer Freund und Feind gleichermaßen kannte, konnte Frieden über das eigene Reich bringen, so hieß es immerhin.

»Keine Bange, ich werde sicherstellen, dass Ihr dieses Treffen nicht vergesst.«

Zumindest schien der junge Mann selbstsicher zu sein. Tatsache war, dass er sich einige Mühe gegeben hatte. Auf einem Tischchen in der Nähe eines künstlich angelegten Baches, getaucht in Kerzenlicht, tischte er persönlich Speis sowie Trank auf.

Während sie die Mahlzeit genossen, sprachen sie über unterschiedliche Themen, und Helena bemerkte, dass ihr diese Unterhaltung sogar etwas Spaß bereitete. Manchmal brach sie in Gelächter aus, wenn ihr attraktives Gegenüber etwas Amüsantes von sich gab.

Stunden vergingen, und schließlich machte der junge Mann den Vorschlag, wieder in Richtung der Palastanlagen zurückzugehen. Helena schluckte einen Klumpen, der sich in ihrem Hals gebildet hatte. Während des Gespräches hatte sie sich dabei ertappt, wie sie ihre Brust herausgestreckt und mit dem Haar gespielt hatte.

Sie kamen am Rand des Hofes an und blieben stehen. Beinahe berührten sich ihre jungen Körper, so dicht standen sie beieinander.

»Nun denn?«, fragte der junge Mann leise. »Wollen wir unsere Unterhaltung in meinem Zimmer fortführen?«

Fast hätte Helena genickt, doch sie konnte nicht. Zwar wäre ihr Gegenüber in jedem Fall ein hervorragender Fang gewesen, sowohl für sie persönlich als auch für die Interessen des Reiches, aber das war keineswegs, was sie wollte. In ihrem Kopf gab es seit jeher diese kitschig romantische Vorstellung von einem ehrbaren Helden, den sie mitten im größten Abenteuer ihres Lebens kennenlernen würde.

»Ich kann nicht«, sagte Helena, küsste den jungen Mann auf die Wange und ließ ihn zurück.

Mit tränenüberströmtem Antlitz hastete Helena ungeschickt durch die Gassen, auf der Flucht vor sich selbst.

»Ich bin Helena Harmonia Tama, und mein Wort allein ist Gesetz.«

Aurelia Tama stand auf dem höchsten Turm und überblickte eine Stadt, welche ihr gehörte aber niemals ihre Heimat sein würde. Das grelle Licht des Tages musste der sanften Dunkelheit der Nacht weichen. Obwohl man von hier keineswegs alle Gebäude und Plätze einsehen konnte, wusste sie genau, wo sich ihre Töchter aufhielten.

Sie konnte es nicht wissen, doch sie ahnte, was ihre Kinder an diesem Abend getrieben hatten. Es war sehr wahrscheinlich, dass Selena davongelaufen war, um mit den gleichaltrigen Kindern der Soldaten zu spielen. Möglicherweise hatte sie wieder etwas ausgeheckt, das sie in Schwierigkeiten bringen würde. Vermutlich war Helena pflichtbewusst genug gewesen, um ihre wichtige Verabredung einzuhalten. Es konnte allerdings durchaus sein, dass das Treffen nicht wie geplant gelaufen war. Und wie immer lag Aurelia richtig.

Es war eine Laune des Schicksals gewesen, dass sie Zwillinge bekommen hatte. Dass ihre Töchter so unterschiedlich waren, so zerrissen wie sie selbst. Spiegelten die beiden Kinder nicht exakt ihre Gefühle für dieses Reich wider? Auf der einen Seite die hellen Momente, diese Freiheit, stolz sein zu können. Auf der anderen Seite die dunklen Momente, diese Gefangenschaft, ängstlich sein zu müssen. War es nicht so, dass ihre Kinder zwei Seiten einer Medaille waren? Und es war gewiss, dass sie eines Tages aufeinandertreffen würden, wie Sonne und Mond kollidieren würden, sich wie Licht und Finsternis gegenseitig vernichten würden, und dass die zwei schönen Blumen ihre Blüten verlieren würden.

Aber eine Person alleine kann niemals das Schicksal aller Menschen erkennen. Und so würde Aurelia Tama niemals erfahren, dass ihre beiden Töchter einst ein Kind erhalten würden, das sowohl Helena als auch Selena als Mutter bezeichnen würde, das Licht und Finsternis in sich vereinen würde, das perfekt für Tama sein würde.

Khan schritt seinem Schicksal entgegen. Wie viele Anstrengungen hatte er auf sich nehmen müssen? Wie viele Wochen waren verstrichen? Wie viele Orte hatte er besucht? Wie viele Leben waren ausgelöscht worden, und wie viele Opfer hatte er zu beklagen gehabt? Aber hier sowie jetzt spielte das alles keine Rolle mehr, da ihm zufiel, was er begehrte.

Das breite Gesicht des Eroberers spiegelte einen unerschütterlichen Willen wider. Auf den dicken Lippen, hinter denen sich gelbliche Zähne versteckten, konnte man kein Lächeln finden, doch innerlich jubilierte er. In seinen dunklen Augen unter den ausgefransten Brauen ruhte ein Zorn, der gegen die gesamte Welt gerichtet war. Dieser unbändige Zorn ließ sich nur durch einen Sieg besänftigen. Erst wenn Khan das Reich Tama unter seine Kontrolle gebracht hätte, würde er tun und lassen können, was er wollte. Mit seinen kurzen aber kräftigen Fingern fuhr er der Königin in den türkisfarbenen Schopf und zwang sie in eine Position, in der sie ihren Kopf heben musste, als wäre er ein Gott, den man anrufen musste. Von seinem eigenen Haar, tiefschwarz und kurzrasiert, mit einem kleinen Zopf über dem breiten Nacken, tropften Schweiß und Blut, nur zwei Anzeichen aller durchgemachter Strapazen.

Tatsächlich hatten sich fast alle Geschichten als wahr herausgestellt. Was man sich auch über die Königin von Tama erzählte, nichts davon schien erfunden zu sein. Jede noch so absurde Begebenheit hätte sich genau auf diese Weise zugetragen haben können. Das wusste Khan, denn im Kampf gegen die Streitmächte von Tama hatte er Dinge erlebt, welche seinen Verstand überstiegen hatten. Nun war er also an einem Punkt angelangt, an dem er tatsächlich glaubte, eine Art Göttin vor sich zu haben.

So oder so, es war endlich vorbei. Tama war verloren. Khan hatte alle Register gezogen. Krieger versammelt, Armeen aufgestellt, Schlachten geplant, Kämpfe gewonnen. Und weil er sich gegen das mächtigste Reich dieser Welt behauptet hatte, durfte er sich nun selbst einen Gott nennen.

Und die ehemalige Göttin stand nackt vor ihm. Nichts war ihr geblieben.

»Aurora Tama.«

Khans rauchige Stimme war noch viel schmerzhafter als ein Stich mit einer scharfen Klinge und mindestens so tödlich.

»Khan«, antwortete Aurora und starrte ihr furchtbares Gegenüber mit ihren türkisfarbenen Augen an. Fast wirkte es, als ob ihre beiden schwarzen Pupillen die Form einer Sonne und eines Mondes hatten.

Um den Eroberer hatten sich vier seiner engsten Vertrauten eingefunden. In einer alten und schäbigen Hütte inmitten eines abgelegenen Waldes befanden sie sich. An anderen Stellen wurden noch Schlachten ausgetragen, und doch war der Krieg schon längst geschlagen. Auf dem weiten Meer stellte sich Tamas Flotte den Bomben werfenden Schiffen von Khan entgegen, mit einem jungen Broh an der Spitze, doch es war vergebens. Innerhalb der Tore von Kronschell machten sich Hauptmann Zhao und seine tapfersten Soldaten bereit, gegen die letzte Welle von Feinden zu bestehen, doch es war vergebens. Hier, in einer schäbigen alten Hütte inmitten eines abgelegenen Waldes, wurde der Krieg der Kriege beendet.

»Merkwürdig, dass letzten Endes doch nicht alle Geschichten wahr sind«, flüsterte Khan und strich seiner Gefangenen über das wunderschöne Antlitz.

Aurora schwieg.

»Was man über Tama sagt, ist wahr«, fuhr Khan ungerührt fort. »Aber was man über Euch sagt, ist wohl gelogen. Wie eine Göttin sollt Ihr sein, ha! Unbesiegbar, und doch steht Ihr nackt vor mir, den Tod erwartend.«

»Ich weiß nicht, was daran gelogen ist«, meinte Aurora.

Khan stampfte mit dem Fuß auf und packte sein Gegenüber an der Stirn, als wäre der Kopf der Königin nichts weiter als eine Nuss, die er mit einer Hand aufknacken konnte.

»Eure unglaublichen Mächte, verschwunden! Keine einzige Spur von Magie in Eurem Körper, Ihr könnt Euch nicht einmal wehren!«

»Das ist auch nicht nötig«, sagte Aurora, als Blut ihr Gesicht benetzte. »Niemals habe ich behauptet, über Magie zu verfügen. Unbesiegbar bin ich wohl, aber aus einem anderen Grund.«

Plötzlich wurde Khan still.

»Und dieser Grund wäre?«

Khan ließ von Aurora ab, zweifelnd.

»Tama ist die Heimat der unglaublichsten Geschöpfe dieser Welt«, sagte Aurora und lächelte. »Weil sie für mich wie eine wundervolle Familie sind.«

Ukira trat aus den Schatten, die sich verdichtet hatten, und trat ungeduldig auf einen von Khans vier Leibwächtern zu. Sie sah sich einer hochgewachsenen hageren Frau namens Asa gegenüber, welche mit einer Sense an einem langen Stil bewaffnet war. Ihr längliches Gesicht besaß eingefallene Wangen, was ihrem ohnehin schon finsteren Blick einen äußerst schauderhaften Hauch verlieh, doch ihre drahtigen Gliedmaßen waren einiges an Anstrengung gewohnt. Beinahe der gesamte dürre Körper war mit dunklem enganliegendem Stoff umhüllt, und das schwarze Haar war zu einem aufgerichteten Zopf gebunden.

Zuerst lehnte sich Ukira leicht zurück, dann nahm sie Anlauf und machte ein paar schnelle Schritte vorwärts. Bevor sie ihre Kontrahentin erreichte, ging sie in die Hocke und richtete sich fast sofort wieder auf. Anschließend vollführte sie einige Drehungen mit dem Oberkörper, ehe sie ihren Kopf mit weit aufgerissenen Augen mehrmals in den Nacken warf. Ihr kurz-geschnittenes dunkles Haar wirbelte in alle Richtungen.

Von diesem merkwürdigen Schauspiel verblüfft, setzte sich Asa nur langsam in Bewegung, doch ihre Sense zuckte bereits verspielt. Ukira ließ sich indes auf einem ramponierten Stuhl nieder und riss ihre Arme hoch, die Finger weit gespreizt. Sie fuhr mit ihren Händen an bestimmte Positionen, wiederholte die Prozedur dann mit erhobenem rechten Bein, ließ das Bein fallen, hob das Bein erneut, machte einen Ausfallschritt und erhob sich vom Stuhl, und dieser wilde Akt endete mit einer mehrfachen Drehung um ihre eigene Achse.

Mithilfe dieser seltsamen Bewegung konnte Ukira nicht nur zwei Hieben der Sense ausweichen, sondern erschuf schatten-hafte Formen, die sich auf ihrer Haut materialisierten. Sie ließ sich zu Boden fallen und beschrieb einen großen Kreis mit dem Oberkörper, während unwirkliche dunkle Gestalten aus ihr herausbrachen. Noch bevor Asa irgendwie reagieren konn-te, wurde sie bereits von diesen angefallen.

Nun sprang Ukira hoch und spreizte die Beine, um auf den Fußsohlen zu landen. Sie entfernte sich von Asa, halb laufend und halb krabbelnd, nur um dann mit in den Nacken gelegtem Kopf rückwärts wieder auf sie zuzukommen. Mit den Fingern malte sie Linien wie Pinselstriche und Punkte wie Tintentup-fen in die Luft, und schon konnten sie Realität werden.

Geschosse, welche wie Lava und Eis wirkten, kamen aus dem Nichts und rasten auf Asa zu. Diese wich geschickt aus und ließ ihre Sense einmal um ihren Körper kreisen. Der be-eindruckende Angriff ließ die breite Klinge durch den Raum schneiden.

Schnell ließ sich Ukira rückwärts auf den Boden fallen. Sie erhob sich bald wieder und sprang wie ein aufgeregtes Kind mit ausgestreckten Armen herum, wodurch sie noch mehr Ge-schosse erschuf. Daraufhin vollführte sie erneut eine Drehung und hob anschließend ihr rechtes Bein hoch über den Kopf, wo sie es vier Mal mit der linken Hand berührte. In diesem Moment wurden vier Druckwellen freigesetzt, die Asa ihre Sense aus den Fingern rissen.

Wie von einem mysteriösen Rhythmus geleitet schlug sich Ukira sanft auf den Bauch und griff sich dann in das Gesicht, und als sie es wieder entblößte, entfesselte sie einen letzten Angriff, welcher sogleich einen düsteren Schatten direkt auf Asa schleuderte.

Ukira griff nach zwei Haarsträhnen und hielt sie verrückt grinsend hoch. Jeder einzelne Schatten kehrte in ihren Körper zurück. Allmählich beruhigte sie sich und nahm eine Position ein, in der sie auf ihre Kameraden wartete. Sie streckte ihre beschmierten Hände aus.

Ohashi krachte in Form eines bestialischen Bären durch die hölzernen Wände und stapfte energisch auf einen von Khans vier Leibwächtern zu. Sie sah sich einem großen dicken Mann namens Ban gegenüber, welcher eine breite abgewetzte Axt in den plumpen Händen hielt. Sein fettes Gesicht wirkte wie ein aufgeblähter Sack, und sein Bauch hing ihm beinahe bis zu den Knien, doch sein Kampfwerkzeug wusste er zu nutzen. An seinem prallen Leib hing eine schwere sowie funkelnde Rüstung, und der an ein Nest erinnernde Kinnbart bebte aufgeregt.

Dank des Überraschungseffektes konnte Ohashi mit ihrem ersten Hieb einen kritischen Treffer landen. Mit ihrer gewaltigen behaarten Bärenpranke donnerte sie Ban auf die Brust, die ein nur schwer zu verfehlendes Ziel darstellte. Trotz der enormen Wucht wankte dieser allerdings nur kurz, bevor er wieder einen sicheren Stand fand und ebenfalls ausholte.

Mit einem dröhnenden Geräusch sauste seine schwere Axt nieder. Schnell ließ sich Ohashi auf alle Viere nieder und lief um Ban herum, um ihn mit dem gesamten Körpergewicht von der Seite zu rammen. Beide fielen sie zu Boden, allerdings war Ban gelenkiger als er wirkte und konnte noch im Fallen eine weitere Attacke ausführen.

Im letzten Moment verwandelte sich Ohashi in ihre wahre Gestalt zurück. Sie entging der enormen Schneide der scharfen Axt und purzelte über ihren Kontrahenten hinweg. In der gleichen Bewegung packte sie Bans Finger und quetschte sie, während sie sowohl Eis als auch Lava ausgesetzt waren.

Brüllend bäumte sich Ban auf. Bebend vor Schmerzen ließ er seine Axt fallen und starrte seine vorübergehend unbrauchbar gewordenen Fortsätze an seinen Händen an. Dann setzte er eine furchterregende Grimasse auf und ging waffenlos auf Ohashi los. Für ihn machte es keinen Unterschied, denn seine gigantischen Gliedmaßen reichten ihm vollkommen aus, um jemanden zu zerquetschen.

Mit einem Sprung schaffte sich Ohashi aus der Reichweite von Ban, und ihr schulterlanges rotblondes Haar flog hinter ihr her. Sie versuchte, ständig in Bewegung zu bleiben, während sie zwischen den etlichen am Boden verstreuten Hindernissen umhersprang.

Schließlich wurde Ohashi von Ban in eine Ecke gedrängt und war daher gezwungen, ihren Trumpf auszuspielen. Ruhig atmend schloss sie kurz die Augen und konzentrierte sich auf das Summen, das die Luft erfüllte.

Langsam strich sich Ohashi mit der Handfläche der rechten Hand über den Mittelfinger ihrer linken Hand, welcher mit einem Ring aus besonderem Metall verziert war, und sobald sie davon abließ, schoss ein greller Blitz aus ihm hervor und schlug direkt in Ban ein.

Ohashi blieb keuchend in der Ecke stehen. Von dem ungeheuren Knall betäubt, wackelte sie mit den Händen, um das unangenehme Kribbeln unter der Haut wieder loszuwerden. Nach einer Weile seufzte sie und nahm eine Position ein, in der sie auf ihre Kameraden wartete. Sie streckte ihre knisternden Hände aus.

Ukeno teleportierte sich direkt in das Getümmel und sprang wild auf einen von Khans vier Leibwächtern zu. Er sah sich einer kleinen dünnen Frau namens Yoru gegenüber, welche mit einem dornenbesetzten Knüppel in den Kampf zog. Ihr rundes Gesicht mit den langen Wimpern um die weiten Augen ähnelte dem einer teuren Prosituierten, doch die zahlreichen Narben vom Hals an abwärts zeugten davon, dass sie gänzlich andere Vorlieben hatte. Um ihren niedrigen Körper hingen festgewickelte Stofffetzen sowie lose Ketten, und das braune Haar war zu Stacheln geformt.

Noch im Flug ließ Ukeno seine Faust nach vorne schnellen. Er traf Yoru am Kinn, wodurch ihr Kopf zurückgerissen wurde und sie hintenüber fiel. Als er sich über seine Kontrahentin positionieren wollte, rollte sie sich allerdings flink herum und wirbelte in eine aufrechte Position, während sie ihren Knüppel rotieren ließ.

Nur ganz knapp entging Ukeno den spitzen Dornen, indem er sich zurücklehnte und den Oberkörper auf fast schon groteske Weise verbog. Aus dieser Bewegung heraus ging er in einen Handstand über und schlug Yoru seine Beine entgegen. Diese blockte jedoch, und Ukeno wechselte in einen sicheren Stand zurück. Sein dichtes Haar in der Mitte zwischen den abgeschorenen Bereichen um die Ohren sprang wie ein Kissen beim Aufschütteln in seine Form zurück.

Mit einer ungewöhnlichen Flinkheit kam Yoru näher, den Knüppel um sich wirbelnd. Ukeno ging rückwärts und griff nach den Pfeilen in seinem Köcher, den er auf den Rücken geschnallt hatte. Nachdem er sich seinen langen Bogen gegriffen hatte, konnte er drei Pfeile abfeuern, welche allesamt ihr Ziel verfehlten, musste dann allerdings in den Nahkampf übergehen.

Während sowohl Ukeno als auch Yoru in einem Gefecht aus schnellen Hieben feststeckten, kamen sie sich näher und entfernten sich wieder voneinander. Durch das Schwingen des Knüppels wurde Ukeno auf Distanz gehalten, konnte sich jedoch nicht weit genug entfernen, um seinen Bogen einzusetzen. Er überlegte kurz und verwandelte den vierten Pfeil, den er immer noch in der Hand hielt, in Wasser, um dieses anschließend durch die Luft schweben zu lassen.

Natürlich konzentrierte sich Yoru nicht auf fliegende Flüssigkeiten, sondern vertiefte sich in das Geschehen und griff nun noch aggressiver an. Ukeno schleuderte ihr einige Feuerbälle entgegen, doch sie duckte sich einfach unter ihnen hindurch oder aber sprang über sie hinweg.

Schließlich beschloss Yoru, einen gewaltigen Schritt zu machen, den Knüppel hoch erhoben. Weiter konnte Ukeno nicht mehr zurückweichen, also stürzte er nach vorne. Gemeinsam fielen sie zu Boden, ineinander verschlungen.

In einer letzten Anstrengung erschuf Ukeno einen Schwall Wasser, dem nicht einmal ein schnell geschwungener Knüppel etwas entgegenzusetzen hatte, und in diesen strömenden Schwall mischte sich ein einziger spitzer Pfeil, welcher Yoru mit voller Wucht traf.

Ukeno blieb schnaufend am Boden liegen. Durchnässt drehte er sich auf den Rücken und hustete einige Male, bevor er sich aufrappelte. Daraufhin ließ er ein Räuspern vernehmen und nahm eine Position ein, in der er auf seine Kameraden wartete. Er streckte seine Hände mit dem Bogen aus.

Osanpo öffnete die Tür und schritt ruhig auf einen von Khans vier Leibwächtern zu. Er sah sich einem kurzgeratenen massigen Mann namens Hiru gegenüber, welcher einen Zweihänder zu den Besitztümern zählte. Sein schmales Gesicht konnte durchaus als attraktiv bezeichnet werden, was allerdings nicht für seine herablassend wirkende Grimasse galt, denn er fühlte sich eindeutig überlegen. Ein feines Gewand mit wallendem Umhang zierte den schweren Körper, und der fein gekämmte

Schnauzbart wurde in unregelmäßigen Abständen von einem kaum wahrnehmbaren Zucken irritiert.

Gelassen marschierte Osanpo auf Hiru zu, und erst kurz vor dem Aufeinandertreffen ließ er sein Katana aus der Scheide springen. Innerhalb einer Sekunde fand es sein Ziel in Form der anderen Klinge, was dann einen Stoß durch seinen Körper schickte.

Schon bald war die Luft von klirrenden Geräuschen erfüllt. Osanpo konnte mit seinem Katana oft zuschlagen, doch sein Gegner konterte jeden Angriff problemlos. Dahingegen waren die Attacken von Hiru schwer abzuwehren, allerdings ließ ihn das Gewicht seines Zweihänders nur selten handeln. Schlag folgte auf Schlag, auf beiden Seiten unerbittlich.

Als sich Hiru für einen Moment ganz auf die Waffen konzentrierte, hob Osanpo eilig die linke Hand und machte eine Wischbewegung, um das Wasser in Form von Schweiß vom Gesicht seines Kontrahenten zu ziehen. Dieser war ob dieser unbedeutend wirkenden aber überraschenden Aktion so verblüfft, dass er sich zurückstoßen ließ.

Lachend vollführte Osanpo einen Ausfallschritt und ließ das Katana schnell vorwärts sausen. Geübt wie er war, fing sich Hiru wieder, und ihm gelang es, die Klinge mit der bloßen Handfläche abzufangen. Knurrend drückte er das gegnerische Katana hinunter und ließ seinen Zweihänder stattdessen einen Sprung ausführen. Nur mit großer Mühe entging Osanpo diesem Hieb, und sein feingekämmtes Haar, das bis zu seinen Hüften reichte, wurde etwa auf halbem Weg dahin gekappt.

Kaum war Osanpo einen winzigen Schritt zurückgewichen, griff er auch schon wieder an. Er wusste, in welchem Winkel und mit welcher Geschwindigkeit er sein geliebtes Katana auf den Zweihänder treffen lassen musste, um ein markerschütterndes Geräusch ertönen zu lassen.

Nach einigen Versuchen klappte es, und ein unangenehmer Ton kroch zwischen den tanzenden Klingen hervor, welcher

Hiru ein wenig taumeln ließ. Osanpo zögerte nicht lange und hebelte den Zweihänder aus seinen Händen heraus.

Nun atmete Osanpo tief ein, und beim Ausatmen entfesselte er einen Sturm aus Feuer, der gigantische Ausmaße annahm und Hiru komplett einhüllte.

Osanpo tastete nach seiner Nase und rümpfte sie. Aus seiner gesamten Haut stieg Rauch empor. Schließlich drehte er sich mit einer ausladenden Bewegung und nahm eine Position ein, in der er auf seine Kameraden wartete. Er streckte seine Hände mit dem Katana aus.

Acht gefährliche Hände waren auf Khan gerichtet.

»Was für eine Lachnummer, beim ersten Kontakt mit meinen Schatten einfach so zusammenzuklappen.«

»Das war wirklich fast wie ein Kinderspiel, da hast du nicht ganz Unrecht.«

»Sie habe niemals Unrecht, würde dir meine liebe Schwester jetzt gerne ins Gesicht sagen. Übrigens, das mit der Verwandlung hat doch diesmal ziemlich gut geklappt, Oshiri.«

»Ich sage dir das jetzt zum tausendsten Mal, nenn mich gefälligst nicht so. Nur weil ich einen breiten Hintern habe und du das ach so toll findest, bedeutet das nicht, dass du ihn in jede Konversation einbauen darfst.«

»Tut mir leid, Oshiri, kommt nicht wieder vor. Ich wünschte nur, ich hätte mit dem ersten Pfeil schon getroffen.«

»Selbst schuld, so unkonzentriert wie du im Kampf bist.«

»Das kommt davon, dass er mit seinen Gedanken immer abschweift. Liegt vielleicht in der Familie oder so. Andererseits ist euer Vater ein ganz bisschen mehr verpeilt als unsere Mutter, würde ich meinen.«

»Es wäre nett, wenn wir unsere Aufmerksamkeit wieder der Situation zuwenden könnten.«

Im gleichen Moment wandten Auroras Gefährten alle ihre Köpfe und musterten Khan.

Khan verstand nichts. Nur, dass er verloren hatte. Tamas legendäre Königin hatte ihn vernichtend geschlagen, obwohl sie nackt war und nicht einmal mit ihren Lippen gezuckt hatte. Und da war sie nun, so unglaublich wie man sie in den Geschichten beschrieb. Aurora lächelte den sogenannten Eroberer an. Vielleicht war sie doch so etwas wie eine Göttin.

»Das ist der Grund, warum ich unbesiegbar bin.«

Weltenbummler.

Kein einziges Wort auf dieser Welt kann beschreiben, was sie sind oder was sie tun, doch dieser Begriff, ›Weltenbummler‹, kommt der Sache nah genug, ohne das Wort ›Götter‹ in den Mund nehmen zu müssen.

Quer durch alle Formen der Wahrnehmung nennt man sie auch Wanderer oder Ebenenhüter oder Ur oder Tamashii.

Für diese ganz besonderen Wesen gibt es keinerlei Grenzen, und sollten sich welche vor ihnen materialisieren, so sprengen sie diese, einzig durch ihre Willenskraft, denn das ist ihr einziger Lebensinhalt.

Ein Lebewesen kann Weltenbummler werden, wenn es Verzweiflung wie Hoffnung erfahren hat; wenn es begriffen hat, dass eine Welt allein nicht die Antwort auf die Frage nach dem Sinn des Universums sein kann. Aber keine Macht, kein göttliches Geschenk, keine übernatürliche Gabe, kein Zufall darf ein Wesen zu einem Weltenbummler machen, und weder Portal noch Pforte dürfen ihm dienen – dieses Wesen selbst muss aus eigenem Willen diese besondere Aufgabe wählen.

Und plötzlich ist es diesem Wesen bestimmt, von Planet zu Planet zu wandern, durch Raum und Zeit zu springen, ganze Dimensionen hinter sich zu lassen und bis in die dunkelsten Winkel der Galaxie vorzudringen.

Dabei erfüllt es keine vorgegebenen Aufgaben, denn schon die reine Existenz eines solchen Wesens ist absurd. Wie jedes Lebewesen, und sei es noch so unbedeutend, tun auch die allmächtigen Weltenbummler nichts anderes, als das Universum zu verkörpern. Aber im Gegensatz zu anderen Wesen spielen sie in einem Maßstab, der die Vorstellungskraft jedes Gehirnes übersteigt. Sie tun, was auch immer sie tun wollen, denn das ist der Sinn von allem. Nichts hat je einen Sinn, nur der eigene Wille ist von Bedeutung.

In einer Seele verbindet sich der Geist, die Essenz des Universums, mit einem sterblichen Körper, um eine Aufgabe zu erfüllen. Dies ist das Geheimnis des Lebens, und die Weltenbummler sind keine Ausnahme.

Was sie sind, ist … unbeschreiblich.

Rose stand sehr breitbeinig vor dem Spielbrett, den Oberkörper gebeugt, und versuchte, ein Grinsen zu unterdrücken. Für gewöhnlich bedeutete ihr die Anwesenheit anderer Lebewesen nichts, doch mit diesen drei Individuen gab sie sich gerne ab. Wenn sie versammelt waren, fühlte es sich ein bisschen so an wie früher, als sie noch gealtert war.

Das hüftlange Haar dieser beeindruckenden Schönheit war so intensiv rot wie das Firmament bei Sonnenuntergang, und ihre Augen leuchteten in der Farbe des seltenen Phänomens, wenn der gleißende Himmelskörper schließlich den Horizont berührte und ein letztes Mal grünlich aufblitzte. Ihr beinahe makelloser Körper war kaum noch menschlich.

Sie hatte etliches durchgemacht; einiges mehr als sie jemals preisgeben würde. In ihrem Herzen steckten hunderte Dornen, doch der schmerzhafteste unter ihnen war nach einer langen Zeit der Irrfahrt zu einer wundervollen Blume geworden.

In ihrem Leben war sie bereits mit vielen Namen angesprochen worden. Manchmal hatte man von ihr als Freedom gesprochen, manches Mal hatte man sie Omikami genannt. Von einflussreichen Kaisern war sie Athena und von leidenschaftlichen Liebhabern war sie Kanai genannt worden. Doch sie selbst nannte sich am liebsten Rose, und so bezeichneten sie auch ihre Freunde.

Sin packte das bunte Spielbrett und schleuderte es davon, während er genervt aufheulte. Auf seinen vernarbten Händen standen die Härchen steif empor, und er hatte Schwierigkeiten damit, sich unter Kontrolle zu halten. Ständig ging es ihm nur darum, etwas zu verändern, etwas zu wandeln.

Das finstere Gesicht dieses eher launenhaften Egoisten war von einer krummen Nase und eingefallenen Wangen gekennzeichnet. Sowohl das ungekämmte Haar als auch die funkelnden Augen waren von einem tristen Braunton, der langweilig aber beständig wirkte.

Er hatte Reiche entstehen und fallen erlebt; seine gesamte Existenz war ein Wirbel aus mächtigen Explosionen, der im Takt eines schlagenden Herzens sowohl Gegenstände als auch Geschöpfe vernichten musste. Niemand um ihn herum hätte es in Sachen Unberechenbarkeit mit ihm aufnehmen können, doch unter seinesgleichen war er durchschaubar.

In seinem Leben hatte er bereits viele Titel gehabt. Bei den wollüstigen Geschwistern aus dem Reich Landia war er unter anderem als Mephisto bekannt. Von den hässlichen Titanen im Pantheon wurde er Hades genannt. Oftmals hatte er sich Namen wie Nikoku oder Ba'al gegeben. Hier allerdings hieß er Sin, und er genoss es.

Shinri schnippte mit ihren Fingern und ließ das Spielbrett, samt Figuren und Karten, durch reine Gedankenkraft wieder auf seinen ursprünglichen Platz sinken. Es machte ihr Spaß, mit diesen drei dümmlichen Gestalten abzuhängen. Nur bei ihnen konnte sie frei ihre Meinung sagen, was überall anders zu Chaos geführt hätte.

Das unstillbare Verlangen nach ungetrübter Wahrheit hatte ihren drallen Körper ziemlich lethargisch werden lassen. Von ihrem Haupt ergoss sich glänzend blondes Haar, und die gräulichen Augen waren wie rollende Murmeln in einem Meer aus Wolken.

Sie hatte ein glückliches Leben geführt; ihr hatte es an fast nichts gemangelt. Einzig und allein ihr unbändiges Verlangen nach Wissen hatte sie aus ihrer Bestimmung gerissen und sie zu einem Treibgut inmitten dieses Wahnsinns gemacht.

In ihrem Leben waren unzählige Suchende vor sie getreten, jedes Mal mit einem anderen Namen für sie. Von einigen war sie Constantia genannt worden, von anderen war sie Artemisia genannt worden. Einmal hatte man sie als Fool bezeichnet, und jedes von Leidenschaft getriebene Wesen hätte sie wohl Bu gerufen. Unter ihren drei Partnern war sie allerdings nur immer wieder Shinri, die Wahre.

Nemo knallte eine der Karten auf und zog mit einer der Figuren über das Spielbrett, um mit diesem letzten Zug zu gewinnen. In diesem Moment fühlte er sich fast wieder wie ein Kind, wie ein unschuldiges Kind, das er gerne noch gewesen wäre. Behütet war er bei diesen Wesen, und nichts wollte er mehr als das.

Das ständige Leuchten seiner Seele ließ sein schulterlanges aschblondes Haar scheinen und seine blauen Augen glitzern. Gleichzeitig ermüdete ihn dieses Leuchten, dieses immerwährende Umwandeln von Materie zu Energie und umgekehrt.

Er hatte eine Geschichte voller Zweifel hinter sich; trotzdem hatte er sich letztendlich für das Glück entschieden. Einst war er von einem Schriftsteller als bloßes Spiegelbild kreiert worden, hatte seine Liebe an den Tod verloren und anschließend Rache an seinem Erschaffer genommen, den er geschwächt hatte, damit ihn alle Menschen verließen, nur um zu erkennen, dass Leid nicht mit Leid zu bekämpfen war, weshalb er sich selbst sowie sein sowohl verhasstes als auch geliebtes Ebenbild schlussendlich zu neuer Macht verholfen hatte.

In seinem Leben hatte er unzählige Namen getragen. Hikari nannten ihn die Bewohner von Tama, und in Alunoz wurde er Deneb genannt. Von seinen Vertrauten ließ er sich als Grey bezeichnen, und seinen Feinden stellte er sich als Zero vor. Eigentlich war er Nemo, ein unbedeutender Niemand, dazu bestimmt, ein Avatar für jene Wesen zu sein, die seine vielen Leben erkundeten.

Das Spielbrett erzitterte.

»Ein bescheuertes Spiel«, knurrte Sin, verärgert die achtseitigen Würfel begutachtend, auf welche er an diesem Tag zum ersten Mal getroffen war. »Wenn alles nur nach Zufall läuft, lässt sich nichts planen.«

»Du bist doch ein Bote des Zufalls«, meinte Rose und lachte auf. »Sagst du nicht immerzu, dass du die Ordnung verabscheust und das Chaos liebst?«

»Solange er selbst der Zufall ist, ist es für ihn in Ordnung«, erklärte Shinri und gähnte ausgiebig. »Aber wenn er ihn dann an das Universum abgeben muss, flippt er aus.«

»Ich habe gewonnen«, flüsterte Nemo gelassen. »Akzeptiere es und wende dich anderen Dingen zu.«

»Das letzte Mal, als ich mein Ding gemacht habe, habt ihr euch eingemischt«, gab Sin zu bedenken.

»Ähm, du hättest fast einen ganzen Planeten zerstört«, konterte Shinri stirnrunzelnd. »Oder kannst du dich an dein Werk nicht mehr erinnern?«

»Ich habe nur das vollendet, was ihr begonnen habt«, meinte Sin und wirkte etwas beleidigt.

»Wir wollten Azura retten und den Rassen eine faire Chance geben«, gab Rose bestimmt von sich. »Du musstest wieder einmal alles auf eine Karte setzen.«

»Aber letzten Endes ist es dann doch gut für dich ausgegangen«, stieß Sin in Richtung seines Gegenübers aus.

»Das ist alles nur Xin und Yin zu verdanken«, sagte Nemo und legte seine Hände im Schoß ab. »Dass sie überlebt haben, dass sie Azura in eine neue Ära führen, dass auch Tama fortbesteht, dass Aurora die Gefährten meiner Kinder ausbildet, das ist alles unglaublich wichtig für mich.«

Nemo grinste.

Von einem vertrauten Gesicht zum anderen wandernd, fühlte er, wie eine längst vergessene Glückseligkeit ihn mitriss und in eine Welt der Unendlichkeit brachte.

»Mein geliebter Tod kommt, und ich werde ihn mit offenen Armen empfangen, aber bis dahin ist noch eine Menge zu tun. Ich werde diese Welten so formen, dass Kokoro mein Werk weiterführen kann. Ich werde die Welt verändern.«

Und das ist es, was Weltenbummler tun.

Es gibt Wesen, die dafür bestimmt sind, zueinander zu gehören. Ihre bloße Existenz ist eine Aneinanderreihung von galaktischen Zufällen, in ein Schicksal unbeschreiblichen Ausmaßes verwoben.

Kosmos und Chaos.

Altair und Vega.

Tibor und Fenelon.

Xin und Yin.

Und es existieren noch unendlich viele weitere solcher Wesen, unzertrennlich miteinander verbunden. Sie müssen sich nicht treffen, sie müssen sich gar nicht kennen, einzig fühlen müssen sie sich.

Ihre nicht zu verhindernde Vereinigung macht es möglich, göttliche Wesen zu erschaffen, vielleicht mächtiger sogar als Weltenbummler.

Und so traten die Kitsune und der Ookami einmal von unserer Welt in eine andere, um auf ihre Bestimmung zu treffen. Es handelte sich dabei um ein Wesen, das den letzten Schritt im Plan des Weltenbummlers Nemo beschrieb. Dieses göttliche Wesen erwartete diese beiden magischen Geschöpfe unbeeindruckt.

Kokoro.

Dieses feine Projekt entstand zu einer Zeit, in der es mir nicht besonders gut ging und ich mich völlig in das Schreiben stürzte. Gewissermaßen habe ich ohne viel nachzudenken etliche Vorlieben in diese Bücher gepackt. Obwohl ich durchaus Leute erreichen wollte, habe ich diese Geschichten wohl eher für mich selbst geschrieben. Mir ist ja bewusst, dass sie einige starre Stereotype sowie klischeehafte Tropen enthalten, aber das Erschaffen der Welten hat extrem Spaß gemacht. Es hat mir dabei geholfen, meine eigenen Interessen zu befriedigen, und gleichzeitig konnte ich als Schriftsteller wachsen. Auch meine Pilgerreise nach meiner ersten Veröffentlichung, also die Besuche bei all den Menschen aus meiner Jugend, hat mich sehr befreit. Das alles hat mir auf mehr als eine Weise geholfen und immens zu meiner Entwicklung als Mensch beigetragen, und dafür bin ich dankbar.   *Kevin Johann*

TU WAS DU WILLST

☽

Zeitfracht Medien GmbH
Ferdinand-Jühlke-Straße 7
99095 Erfurt, Deutschland
produktsicherheit@kolibri360.de